www.tredition.de

AF202144

Volker Tesar

Licht in die Stille von Weihnachten

Weihnachten für alle – ein kleiner Adventskalender

www.tredition.de

© 2020 Volker Tesar
Umschlagfoto von Angelika Bartmann 2020 mit herzlichem
Dank für die Überlassung

Verlag & Druck: tredition GmbH, Halenreie 40-44, 22359
Hamburg

ISBN Paperback 978-3-347-09804-6
Hardcover 978-3-347-09805-3
e-Book 978-3-347-09806-0

Samstag, 1. Dezember

mit einem Ruck fuhr Magdalena aus dem Schlaf. Das Dröhnen eines scheppernden Bleches war immer noch durch das ganze Haus zu hören. Sie zog die Augenbrauen hoch. Ihre Schwester Sina hatte wohl wieder einmal versucht, ein extravagantes Frühstück zuzubereiten. Das tat sie nur einmal im Jahr – oder auch zweimal, aber danach war die Küche nicht wieder zu erkennen. Magdalena sprang aus dem Bett, schlüpfte in ihre Hausschuhe und eilte die Treppe hinunter. Richtig, aus der Küche hörte sie eine leise fluchende Stimme. Magdalena atmete noch einmal tief durch und öffnete vorsichtig die Küchentür. Was sie jetzt sah, verschlug ihr die Sprache, obwohl sie nicht zu den Mädchen gehörte, die von irgendetwas leicht zu beeindrucken war. Ihr bot sich ein Bild des absoluten Chaos. Und mitten darin stand Sina, beide Hände in die Hüften gestemmt und schaute ein riesiges Backblech an, das sich – leider – mit der Oberseite nach unten auf den Fußboden begeben hatte und dort eine Ladung frisch gebackener Kokosmakronen unter sich begrub. In Sinas Augen standen Tränen. Das waren Magdalenas Lieblingsplätzchen und die Neunjährige musste schon früh aufgestanden sein, um sich ans Werk zu machen.

Magdalenas Ärger verflog. „Hallo Sina! Guten Morgen! Schau nicht so traurig, es ist ja erst passiert, nachdem die Plätzchen fertig waren. Ist doch halb so schlimm."

„Gar nichts ist halb so schlimm. Das sollte eine Überraschung für dich werden, jetzt ist es eine Sauerei hier in der Küche ..." Sie schniefte und hob eine Ecke des Backbleches hoch.

„Warte, ich helfe dir." Magdalena bückte sich, zog einen Topflappen unter dem Blech hervor und packte das Backblech an. Sie spürte die Hitze des Ofens noch in dem Metall und wusste nun, warum das Blech auf dem Boden lag. Die Topflappen waren ein bisschen sehr dünn für eine so heiße Angelegenheit.

„Und das alles nur, weil Mama unbedingt Karriere machen muss. Jeden Tag proben sie für das doofe Weihnachtsoratrium."

„Weihnachtsoratorium, Sina. Du weißt doch, dass Mama das braucht, dass sie singen muss, sonst sitzt sie eines Tages zu Hause und kein Mensch will sie mehr hören."

„Na und! Und wir? Wir können hier den Haushalt schmeißen, Papa sitzt von morgens bis nachts im Labor und keiner hat Zeit für uns."

„Das stimmt doch nicht, Sina. Stell dir mal vor, unsere Eltern wären jeden Tag stundenlang hier im Haus. Mama säße nur am Klavier und würde trällern und aus dem Keller kämen Gaswolken aus Papas Hexenküche."

Sina lachte. „Okay, du hast Recht. Aber trotzdem fände ich es schön, Mama würde mit uns wenigstens in der Weihnachtszeit Plätzchen backen, so wie das bei allen Familien ist."

„Ich ziehe mich an und hole zur Feier des Tages ein paar Brötchen. Bis gleich." Magdalena stellte das Blech auf die Spüle und ihre Schwester sammelte die Makronen ein, die keinen Schaden von dem Sturz genommen hatten. Sie streckte ihrer großen Schwester ein Gebäckstück hin. Magdalena schob es mit einem breiten Grinsen in ihren Mund. „Danke, lecker, bis gleich."

Sie rannte nach oben, wusch sich schnell, putzte ihre Zähne, riss ein paar Jeans vom Stuhl, schlüpfte in ein passendes Sweatshirt und polterte die Treppe hinunter. Den Geldbeutel in der einen Hand und eine Leinentasche in der anderen verließ sie das Haus, nachdem sie noch einen warmen Wintermantel angezogen hatte.

„Oh Mist, das hatte ich ja völlig vergessen!" Gerade noch im letzten Moment konnte Magdalena ihr Gleichgewicht wieder finden und schlidderte über den schneeglatten Weg zum Gartentor. Am Abend zuvor hatte es angefangen zu schneien, und nun war alles, vier Wochen zu früh, in eine weiße Decke gehüllt. Der Gehweg vor dem Haus war schon geräumt. Da war Papa sicher schon sehr früh am Werk gewesen.

Leise seufzend dachte Magdalena an ihr Gespräch mit der Schwester. So ganz Unrecht hatte sie nicht mit dem, worüber sie schimpfte, aber es hatte auch Vorteile, so auf sich allein gestellt zu sein.

In der Bäckerei kaufte sie Brötchen, liebäugelte noch mit einem Elisenlebkuchen, ließ ihn aber doch liegen, wo er war und machte sich auf den Heimweg. Völlig in Gedanken versunken, schlenderte sie die Straße entlang und blieb plötzlich stehen. Keine zehn Meter vor ihr stand die Kirche ihres Ortes. Das düstere Gebäude fand sonst keine Beachtung bei ihr, aber heute ... Ein fröhliches Orgelspiel war zu hören. Da saß jemand auf der Orgelbank, der alle Register zog. Seltsam war noch, dass da kein Kirchenlied erklang, sondern ein Lied von Simon and Garfunkel: Sound of Silence. Neugierig öffnete Magdalena leise das große Portal und schlich sich in das Innere. Da sie die Tür losgelassen hatte, fiel sie mit einem lauteren Geräusch als ihr lieb war, ins Schloss. Sie setzte sich in die hinterste Bank, die schon nicht mehr unter der Empore war und lauschte. Das melancholische Lied schwebte durch den Raum. Es klang so wie sie es von ihrem Vater kannte, wenn er mal seine alten Platten auflegte. Aber dann? Während die rechte Hand den Schlussakkord der ersten Strophe hielt, spielte die Linke in Zusammenarbeit mit den Pedalen ein aufreizendes Bass-Schema. Die tiefen Töne schwollen an, bekamen einen Schwung, wie sie ihn nur aus den Bachschen Fugen kannte und mogelte ganz still und leise „Stille Nacht" in die rechte Hand. Die Zuhörerin hatte noch „Sound of Silence" im Ohr, während sich der Weihnachtsklassiker in die Harmonien mischte und mit ihnen verschmolz. Dann gab es nur noch „Stille Nacht", gespielt mit einer Hingabe und Leidenschaft, wie Magdalena es noch nie gehört hatte. Am Ende schwebten eine Million Tonwellen durch den Kirchenraum.

Magdalena musste in die Hände klatschen, so sehr hatte sie die Musik begeistert, und noch ein anderer Zuhörer bearbeitete heftig seine Handflächen. Aus der ersten Reihe erhob sich eine Gestalt und kam nach hinten.

„Pater Andreas?"

„Ja, der bin ich. Und du bist Magdalena Korbian?"

„Ja, guten Morgen, Herr Pfarrer."

„Lassen wir die Förmlichkeiten, Magdalena, ich bin Andreas. So etwas hat es in meiner Kirche noch nicht gegeben. Ich muss gleich nachsehen, wer der Künstler ist ..."

Er wandte sich zur Emporentreppe, aber da hörten sie schon polternde Schritte, die sich ihnen näherten. Die Seitentür ging auf und ein schlaksiger Junge von etwa sechzehn Jahren stand vor ihnen.

„Entschuldigen Sie, Herr Pfarrer, mir sind die Gäule durchgegangen. Draußen liegt Schnee und mir war auf einmal so weihnachtlich. Und dann kam mir die Idee mit der Verbindung der beiden Musikstücke. Ähm ..."

„Stefan, ich habe noch nie so etwas Wundervolles gehört. Ich bin immer noch begeistert."

Magdalena hatte den Jungen nun aus der Nähe betrachtet und fand ihn sympathisch. Seine braunen Augen waren mit Respekt auf den Priester gerichtet. Als er Magdalena bemerkte, rötete sich sein Gesicht leicht und er hustete verlegen.

„Darf ich vorstellen: das ist Magdalena Korbian und unser Organist heißt Stefan Schiller."

„Hallo!" Magdalena streckte ihre Hand aus, besann sich dann aber eines Besseren und lächelte den älteren Jungen an. „Wir sind ja keine alten Leute, die sich die Hand geben müssen. Es war schön, dich zu hören. Ich habe ‚Sound of Silence' sofort erkannt. Papa spielt das öfter, wenn er mal zu Hause ist."

„Danke, Magdalena, normalerweise kennt das Stück keiner aus unserer Altersklasse. Aber die Harmonien passen zu dem Weihnachtslied ..."

„Ähm, darf ich euch beide zu einem Kakao einladen?" fragte der Priester.

„Gerne, aber nicht heute, meine Schwester wartet auf mich und die Brötchen."

„Ich muss leider auch zurück zu meiner Großmutter."

„Wie wäre es, wenn ihr morgen früh um zehn zu mir ins Pfarrhaus kommt?"

Beide Jugendlichen nickten. „Schön, dann bis morgen, ich habe nämlich einen Plan .."

Andreas machte ein geheimnisvolles Gesicht, winkte den beiden und verließ die Kirche.

„Ich gehe noch ein Stück mit dir, wenn du nichts dagegen hast?" Stefan schaute Magdalena fragend an.

„Ganz und gar nicht, wohnst du denn in meiner Nähe?"

„Ja, eine Querstraße vor eurer steht das Haus meiner Groß-mutter."

Magdalena dachte, dass sie das merkwürdig fand, dass Ste-fan wusste, wo sie wohnte, zuckte dann aber mit den Schultern und setzte sich in Bewegung.

„Ich habe Dich hier im Dorf noch nie gesehen, Stefan?"

„Das kommt daher, dass ich die meiste Zeit des Jahres im Internat lebe. Ich komme auch nicht jedes Wochenende heim. Ich habe zuviel in der Schule zu tun. Ich habe dich schon gese-hen bei einem Konzert deiner Mutter. Daher weiß ich auch, wo du wohnst."

Magdalena schaute den Jungen sinnend an. „Ist das nicht schrecklich, im Internat zu wohnen?"

„Es geht nicht anders. Hier in der Nähe gibt es keine geeig-nete Schule für mich."

„Aha, keine geeignete Schule …"

„Ich erzähle dir ein anderes Mal, was das bedeutet. Ich - ähm - ich gehe noch ein Stück mit. Meine Großmutter ist bei einer Freundin."

Wieder sah Magdalena ihn sinnend an und ihr Gesicht rötete sich ein wenig. „Ich freue mich, wenn du mich begleitest."

Jetzt war Stefan an der Reihe rot zu werden. Als sie sich beider ihrer Färbung bewusst wurden, fingen sie an zu lachen. „So ein Quatsch, dass man nicht zu dem stehen kann, was man gern will. Also, Magdalena, ich finde dich riesig nett und gehe jetzt einfach mit bis zum Gartentor. Dann muss ich heim und noch ein bisschen Ordnung machen."

Magdalena steckte ihre linke Hand unter seinen arm und sie gingen schweigend weiter. „So, da sind wir leider schon, Stefan. Wir sehen uns dann morgen?"

„Ja, ich freue mich auf das Treffen. Tschüß, Magdalena!" Er drückte noch einmal ihre hand an seinen körper, drehte sich um und verschwand eilig an der nächsten Ecke.

Sonntag, 2. Dezember

Nachdem Magdalena sich gestern von Stefan verabschiedet hatte, war sie den ganzen Tag damit beschäftigt, mit Sina das Haus in Ordnung zu bringen. Am späteren Nachmittag hatten sie noch ein Lebkuchenrezept ausprobiert. Immer wieder ging Magdalena die Orgelmusik durch den Kopf und sie hatte das Gefühl, dass da mehr dahinter steckte als nur musikalisches Interesse.

Sie hatte ihrer Schwester erzählt, dass sie den heutigen Vormittag im Pfarrhaus verbringen wolle. Sina hatte das schweigend zur Kenntnis genommen und sich mit einer Freundin verabredet. Die Landschaft hatte sich noch mehr verändert. In der Nacht hatte es wieder heftig geschneit und Magdalena konnte von ihrem Fenster aus ihren Vater beobachten, der sich mühte, der Schneemassen Herr zu werden. Auch heute fuhr er wieder ins Labor, eine Erfindung seiner Firma stand kurz vor der Patentvergabe und er war wesentlich daran beteiligt.

Magdalena machte sich auf den Weg. An der Querstraße, in der Stefan wohnte, zögerte sie kurz, warf einen Blick nach rechts, sah nichts und ging leicht enttäuscht weiter. als sie in der Nähe der Kirche war, hörte sie ihren Namen rufen. Stefan kam angeschliddert, ruderte mit beiden Armen, um nicht hinzufallen und lachte das hübsche Mädchen an. „Hallo Magdalena, ich habe dich verpasst. Großmutter wollte noch, dass ich die

Kellertreppe fege und Holz für den Ofen reinschaffe. Das hat mich in meinem Zeitplan etwas durcheinander gebracht. Wie geht es dir?"

Die Frage traf Magdalena etwas unvermittelt. „Hm, ganz gut ...Was Pater Andreas wohl von uns will?"

„Keine Ahnung! Ich habe gestern mal ins Internet geguckt. Wenn es der Andreas ist, für den ich ihn halte, hat er früher einmal bei einer international bekannten Rockband gespielt. Die Songs gehen ganz schön unter die haut. Wenn du willst, kannst du nachher noch mit zu mir kommen und wir hören uns ein paar von den Krachern an. Auf einem Videoclip war der Drummer zu sehen. Das muss Andreas sein. Er grinst über das ganze Gesicht, der Schweiß steht ihm auf der Stirn und er hat nur eine Lederweste an. Sieht echt cool aus. Und jetzt ist er Pater."

„Danke für die Einladung. Ich komme gerne mit." Magdalena konnte ein leichtes Kribbeln im Magen spüren.

Verlegen schaute Stefan auf seine Stiefelspitzen. Magdalena folgte seinem Blick und meinte lachend: „Da unten gibt es nichts zu sehen außer Schnee in kompakter, in wässriger, in gefrorener und was weiß ich welcher Form. Wie alt bist du denn?"

„Ich bin gestern sechzehn geworden. Und wie alt bist du?"

„Ah, na dann noch herzlichen Glückwunsch, Stefan. Ich bin fünfzehn. Warst du gestern deshalb so gut drauf an der Orgel?"

14

„Nein, an der Orgel bin ich immer gut drauf. Es ist, wie wenn man ein ganzes Orchester gleichzeitig spielt und ist."

Sie waren am Pfarrhaus angekommen und Magdalena drückte die Klingel. Ein Summer ertönte und die Tür sprang auf. „Den Gang runter und dann links", rief eine dröhnende Stimme aus dem Hintergrund.

Magdalena und Stefan zogen Ihre Jacken und Stiefel aus, suchten vergebens nach einer Garderobe und hängten dann kurz entschlossen alles auf ein Treppengeländer.

Sie folgten der Anweisung des Paters und standen bald in einer gemütlich eingerichteten Küche, in der es nach frischen Plätzchen und Kaffee duftete.

„Hallo Magdalena, hallo Stefan, nehmt Platz, ich komme gleich!" Aus einem Nebenzimmer hörten sie Rumoren und Rascheln. Sie setzten sich, nachdem sie zwei Stühle von Zeitungen befreit hatten.

Magdalena musste schmunzeln. „Ich glaube, hier fehlt eine Haushälterin", flüsterte sie Stefan zu. Der nickte nur und sah sich interessiert die CD-Sammlung an, die in einem Regal über der Eckband stand.

„So, da bin ich, entschuldigt bitte die Unordnung, es sah heute morgen noch schlimmer aus. Ich bin ein alter Junggeselle. Das ist zwar keine Entschuldigung, aber meine einzige Ausrede." Pater Andreas hatte eine große Schüssel in der Hand, aus der die verschiedensten Plätzchen herauslugten. „Jetzt, am Anfang des Advents kann ich das alles noch essen, in zwei Wochen hängt es mir zum Hals raus. Ich kriege so viel geschenkt, dass es für eine Großfamilie reichen könnte. Ich habe mir einen Kaffee gekocht. Wollt ihr Kakao oder Tee oder ..."

Der Mann in Schwarz stellte seine Schüssel ab und sah dabei die Zeitungen an, die jetzt auf dem Sofa lagen. „Äh, habe ich die auch nicht weggeräumt? Von wegen: Es ist alles bereit im Hause meines Vaters. So, das war der letzte Bibelspruch für heute, jetzt rede ich wieder normal."

„Ich würde mich auch über einen Kaffee freuen. Wenn ich das richtig sehe, brauen Sie Italienischen?"

„Sehr richtig, mein Junge. Und du, Magdalena?"

„Ich trinke Kakao. Aber, lassen Sie mich das selbst machen. Es steht ja schon alles bereit."

„Nichts da, ich bin der Gastgeber!" Pater Andreas setzte einen Milchtopf auf den Herd und löffelte Kakaopulver in eine Kanne. als er sich wieder zum Tisch drehte, sah er Stefans Blick auf den CDs ruhen. „Das entspricht nicht ganz dem Armutsideal, aber ich kann mich nicht so leicht von meiner Vergangenheit lösen. Musik war mein Leben und ist es auch geblieben!"

Magdalena sprang vom Stuhl und riss den Topf von der Platte, die auf die höchste Stufe eingestellt war. „Exakt ist genau genug." meinte Andreas und zwinkerte dem Mädchen zu. „Danke, dass du mich vor einer großen Sauerei bewahrt hast."

Magdalena schüttete die kochend heiße Milch in die Kanne und rührte ihr Getränk um.

„So, jetzt ist alles fertig. Ach nein, der Kaffee." Andreas schien etwas zerstreut zu sein. Er hantierte an einem modernen Gerät und nach ein paar Sekunden stellte er eine Tasse dampfenden Kaffee vor Stefan auf den Tisch. „Milch und Zucker?"

„Nur Milch, bitte."

„Okay, Zucker habe ich auch nicht, du bist ein höflicher Junge."

Endlich saßen alle am Tisch, rührten in den Tassen und betrachteten sich neugierig.

Andreas sah sich die beiden jungen Leute an. Magdalena war ein zierliches Mädchen. Ein prachtvoller und sicher unbezähmbarer Haarschopf bedeckte teilweise ein schönes Gesicht, in dem viel Ernst und Nachdenkliches lag. Die Augenfarbe war undefinierbar. Sie schienen blau zu sein, hatten aber auch einen grünlichen Schimmer. Er schätzte sie auf fünfzehn Jahre.

Stefan war ein schlaksiger Junge mit kurzgeschnittenen Haaren und einer schmalen Narbe auf der Stirn. Seine braunen Augen wirkten verträumt und um seinen Mund spielte meistens ein Lächeln. Er hatte den Stimmbruch schon hinter sich und wenn er sprach, verriet der Klang, dass er einmal eine wohltönende Männerstimme bekommen würde. Andreas registrierte auch, dass Stefan immer wieder das hübsche Mädchen betrachtete und dabei einen sehr weichen Gesichtsausdruck bekam.

„Wir haben uns hier versammelt, weil ich es so wollte. Ich bin jetzt fünf Jahre in der Gemeinde St. Quendolin. Es hat sich hier nichts ereignet, außer, dass Gemeindemitglieder sterben, dass geheiratet wird und dass Kinder geboren werden. Wenn ich zu meiner Kirche hinübergehe, denke ich oft, wie düster dieses Gebäude doch ist, obwohl es ein so genanntes Gotteshaus ist. Weihnachten steht vor der Tür und ich habe vor, ein bisschen Licht und Farbe in meinen Laden zu bekommen. Und ich habe beschlossen, dass ihr beiden mir dabei helfen könnt.“

„Warum gerade wir?“ fragte Magdalena.

„Das ist nur so ein Gefühl. Ich glaube, Magdalena, dass man dir sehr viel Verantwortung übergeben kann. Und ich glaube, dass du, Stefan, mit deiner Art Musik zu spielen, bei der Erleuchtung der Kirche einen wichtigen Beitrag leisten kannst, wenn du willst.“

„Kein Problem, Herr Pfarrer.“

„Andreas, bitte. Ich habe an Heilig Abend eine Kindermette . Mir geht es vor allem um die Gestaltung dieser Mette um vier.

Ich habe ein Krippenspiel entwickelt, das nur noch auf die Ausführung wartet. Dafür brauche ich eine verantwortliche Leiterin und viele Kinder und Jugendliche. Macht ihr mit?"

Magdalena nickte, ohne zu überlegen und Stefan schloss sich an.

Sie sprachen noch eine Stunde über das Krippenspiel und Pater Andreas zog aus seinem Schreibtisch ein Manuskript heraus, das er Magdalena übergab. „Schau es dir bitte einmal bis morgen an und sage mir, ob wir das so machen können."

Magdalena nahm den Hefter und blätterte darin. Sie las einige Dialoge und musste lachen. „Das ist gut, bis jetzt ..."

„Bevor du dich weiter vertiefst, müsst ihr leider gehen. Ich muss noch zu einem Krankenbesuch und die Leute essen pünktlich um zwölft Uhr. Es macht immer einen komischen Eindruck, wenn ich kurz vor zwölf komme. Ihr versteht schon, was ich meine ..."

Magdalena und Stefan verabschiedeten sich. „Könnt ihr morgen Abend kurz vorbeikommen?"

Wieder nickten beide und traten dann auf die Straße hinaus.

„Kommst du noch mit zu mir?" fragte Stefan verlegen.

„Klar, wir müssen doch das Manuskript studieren."

Nach zehn Minuten hielten sie vor einem kleinen Haus und Stefan kramte nach seinem Schlüssel. Er sperrte auf.

„Stefan, bist du das?" fragte eine frische Frauenstimme.

„Ja, Großmutter, ich habe noch jemanden mitgebracht."

„Wollt ihr erst zu Mittag essen? Der Braten ist gerade fertig geworden."

„Oh ja, gerne." Stefan schob Magdalena vor sich her bis zu einer Holztür, die halb offen stand. „Oma, das ist Magdalena Korbian. Wir waren zusammen beim Pfarrer."

„Hallo, Magdalena. Ich bin Frieda, Großmutter und Erziehungsberechtigte dieses Lausejungen, der er leider nicht ist."

Magdalena trat in die Küche und erblickte eine kleine Frau mit durchtrainiertem Körper. Sie mochte Ende fünfzig sein, hatte ein Gesicht voller Lachfalten und dieselben Braunen Augen wie ihr Enkel.

„Schön, Stefan, dass du mal jemanden mitbringst. Ich habe dein Gesicht schon einmal gesehen. Hm, ist deine Mutter nicht die Sängerin Carolin Korbian?"

„Ja, das ist sie. Guten Tag, Frau Schiller."

„Wir sind doch hier unter uns. Nenne mich bitte Frieda. Das erlaube ich nicht jedem, aber du gefällst mir auf Anhieb."

Sie drehte sich wieder ihren Töpfen zu. Magdalena sah sich in der Küche um. Mitten im Raum stand ein großer runder Holztisch. „Soll ich den Tisch decken, Frieda?"

„In dem dunklen Schrank findest du eine Tischdecke und das Geschirr ist hier drin."

Magdalena freute sich, dass sie sich nützlich machen konnte. Während Stefan neues Holz für den Ofen holte, deckte sie den Tisch und genoss es, dass für sie gekocht wurde. Da sie Sina in guten Händen wusste, bei ihrer Freundin gab es immer reichlich zu essen, hatte sie auch keine Gewissensbisse.

„So, jetzt noch die Klöße aus dem Wasser und los geht's."

Magdalena wanderte in dem großen Raum umher und blieb vor einer gerahmten Fotografie stehen. Zwei Menschen waren hier abgebildet, eine junge Frau und ein junger Mann, die Stefan sehr ähnlich sahen. Sie blieb eine Weile davor stehen und vertiefte sich in die Züge der beiden jungen Leute. Als eine Hand sie am Arm berührte, zuckte sie leicht zusammen.

„Das sind Stefans Eltern. Sie sind vor vierzehn Jahren bei einem Autounfall ums Leben gekommen. Seitdem ist der Junge bei mir."

Magdalena drehte sich zu der Frau um, in deren Augen zwei kleine Tränen standen. „Ja, das war ein Schock. Stefan saß auch in dem Wagen, die Narbe auf seiner Stirn ist ein Erinnerungszeichen an den Unfall. Wir haben uns zusammengerauft. Er war ja gerade erst mal zwei Jahre alt, als ich beschloss, für ihn zu sorgen. Genug davon ..."

Magdalena nickte und kehrte zum Tisch zurück. Stefan kam mit einem Korb voll Holz herein und meinte: „Es fällt Schnee vom Himmel als würde jemand einen Mehltopf über uns aus-gießen. Ich wollte schon immer mal eingeschneit werden."

„Hast du die Schule zur Zeit satt?" fragte Frieda.

„Das nicht, aber ..." Stefan warf Magdalena einen schnellen Blick zu, die dies aber nicht zu bemerken schien. „Es ist nur so, dass der Pfarrer mich hier braucht."

„Fürs Orgelspielen?"

„Nein, für ein Krippenspiel, deshalb war ich doch heute im Pfarrhaus. Wir sollen uns um das Spiel für Weihnachten küm-mern."

Magdalena horchte auf. ... wir sollen uns ... Hm, Stefan hatte wohl vor, sich mehr zu engagieren als notwendig, warum?

„wohin gehst du denn in die Schule?"

„Ich bin im Musikinternat in Heidelberg, ist zwar fast um die Ecke, aber die Verbindungen sind so schlecht, dass ich dort auch wohne. In zwei Wochen sind Ferien und dann bin ich vier Wochen hier."

„Wie bitte? In zwei Wochen für vier Wochen Ferien, wie geht denn das?"

„Wir haben im Sommer eine zweiwöchige Konzertreise mit Auftritten gehabt, das ist jetzt der Ausgleich."

Magdalena konnte ihre Freude nicht ganz unterdrücken, was nun Stefan wiederum zu ignorieren versuchte.

„Also, auf zu Tisch, das Essen wird kalt." Frieda servierte und alle machten sich hungrig über das vorzügliche Essen her.

„Kann man Sie mieten, Frieda?" fragte Magdalena seufzend, nachdem sie den dritten Kloß verdrückt hatte.

„Wie vornehm die junge Dame doch ist. Sie und Frieda, also entweder Frieda und du oder du und Frieda, was anderes gibt es hier nicht. Ich kann nicht gemietet werden, aber, wer bei mir essen will, bekommt immer etwas."

„Darf ich dann mal mit meiner Schwester Sina kommen?"

„Sicher, deine Eltern kannst du auch mitbringen."

„Die haben dafür keine Zeit ..."

Frieda schaute kurz auf, beschloss dann jedoch, das Thema nicht weiter zu verfolgen. Nach dem Essen übernahmen Stefan und Magdalena den Abwasch, während sich Großmutter für ein Stündchen aufs Ohr legte.

„Geschafft", meinte Stefan, rieb die Spüle noch trocken und hängte die Handtücher in die Nähe des Ofens. „Ich zeig dir jetzt mal mein Zimmer und die Musik von unserem Pfarrer."

Sie gingen eine Treppe nach oben. Stefan öffnete eine dicke Tür und ließ das Mädchen eintreten. Vor ihr lag ein ordentliches Zimmer, in dem es von Musikinstrumenten nur so wimmelte.

„Du hast ja gar kein Bett."

„Doch, das ist dort in dem Schrank versteckt. Ich brauche hier Platz. Wenn ich das Bett hochklappe, kann ich hier einen Schreibtisch ausfalten und so ist der Raum optimal genutzt. Für die paar Wochen im Jahr, in denen ich zu Hause bin, reicht das."

„Es tut mir leid, was mit deinen Eltern passiert ist, Stefan."

„Ich habe keine Erinnerungen mehr an sie. Großmutter ist an ihre Stelle getreten und mir geht es gut bei ihr. Wenn ich von meinen Klassenkameraden höre, was sie alles mit ihren Vätern gemacht haben am Wochenende, denke ich: Schade, dass ich keinen mehr habe. Dann kommen mir aber auch Zweifel, ob diese Väter wirklich so viel mit ihren Söhnen machen. Ich habe den Eindruck, dass ich glücklicher bin als sie. Von meinem Vater gibt es einen Bruder, der in Schweden ein Hotel hat. Dort bin ich die Hälfte der Ferien und ich gehe dann mit meinen Vettern angeln und Bootfahren. Aber am liebsten bin ich hier bei Großmutter, mache Musik von früh bis spät und kümmere mich um meine Bildung." Das letzte sagte er mit einem Grinsen. „Großmutter kann weder Latein noch Französisch, in Mathe ist sie auch keine Leuchte, da muss ich mich selbst durchbeißen. Sie ist ein toller Mensch, lieb und aufmerksam und – immer da, wenn ich sie brauche." Stefan schluckte und schaltete seine Stereoanlage ein. „Gut, hier haben wir ein Beispiel aus Pater Andreas Vergangenheit." Er startete eine CD und ein Schlagzeugsolo erklang. In das Solo mischten sich weitere Instrumente bis ein Bass einen durchgreifenden Rhythmus erzwang und eine Sängerin zu den Rockrhythmen ein Liebeslied sang. „Nicht schlecht, meinst du nicht auch? Die Lieder habe ich heute Nacht gefunden und gebrannt. Es wird noch heftiger." Er tippte das nächste Stück an und eine E-Gitarre rockte los. Magdalenas Augen wanderten zwischen den Boxen und Stefan hin und her. Dieser hatte die Augen geschlossen und bewegte sich leicht zum Beat. „Ja, das ist auch Musik, nicht nur Bach oder Händel." Nach dem Lied schaltete er die Anlage wieder aus und ging zu einem Tasteninstrument. Als er die Decken davon entfernte, kam eine elektronische Orgel zum Vorschein.

„Wow, das ist ja eine Hammondorgel."

Überrascht wandte er den Kopf. „Du kennst dieses Teil?"

„Papa hat auch so eine im Keller stehen. Wenn er wider mal erfolgreich ein Projekt zu Ende gebracht hat, sitzt er stundenlang davor und spielt Lieder von damals, wie er es nennt."

„Ich wollte dir noch einmal mein Musikstück von gestern vorspielen, darf ich?"

„Oh ja, gerne. Ich setz mich dort drüben hin."

Magdalena ließ sich auf einen dicken Teppich nieder und lauschte.

Stefan spielte mit großer Leidenschaft und Sensibilität für das Besondere in den beiden Liedern. Dann war es ganz lange still. Schließlich sagte er: „Ich kann morgen Abend gar nicht ins Pfarrhaus kommen, muss ja in die Schule, leider. Sehen wir uns nächstes Wochenende wieder? Vielleicht hast du bis dahin schon was auf die Beine gestellt."

„Komm doch am Freitagabend gleich zu uns, da kannst du Papa und meine Schwester kennen lernen. Ich freue mich darauf."

Montag, 3. Dezember

Der nächste Tag war für alle, die aufstehen mussten, ein schwerer Tag. Der Schnee lag zu großen Haufen zusammengeschoben auf der Straße und den Gehwegen und die Kinder wären lieber zum Schlittenfahren gegangen als in die Schule.

Magdalena und Sina verließen das Haus gemeinsam. „Wann kommst du denn heim, Sina?"

„Um drei Uhr, wir haben heute Mittag Sport im Nachbardorf. Und du?"

„Ich bin um sechs zu hause, dann müsste ich mal kurz ins Pfarrhaus. Könntest du einkaufen gehen. Ich habe einen Zettel an die Pinnwand gehängt."

„Klar, bis später, Magdalena."

Die beiden Schwestern trennten sich und Magdalena trabte zum Bahnhof.

Der Tag verging schleppend, die Lehrer hatten keine neuen Ideen und beschränkten sich auf Wiederholungen. Magdalena war froh, als sie endlich wieder im Zug saß. Ihre Gedanken schweiften hin und wieder zu Stefan und zu seiner Großmutter. Sie hatte den Nachmittag in dem gemütlichen und warmen Haus sehr genossen. In den Pausen las sie im Manuskript von

Pater Andreas und musste mehrmals hellauf lachen. Ihre Schul-kameradinnen drängten sich um sie und wollten wissen, worum es ging. Magdalena machte ein geheimnisvolles Gesicht und weihte ein paar Mädchen, die aus ihrem Dorf stammten, in die Geschichte ein.

Es war keine besondere Weihnachtsgeschichte, nur hatte der Pater es verstanden, die Dialoge witzig zu gestalten und so fand Magdalena die ersten Mitspielerinnen.

Auf dem Rückweg vom Bahnhof klingelte sie am Pfarrhaus. Wieder erklang der Summer und sie trat ein.

„Magdalena, ich bin hier oben in meinem Büro. Komm nur herauf, du kannst deine Schuhe auch anlassen."

Dennoch entledigte sich Magdalena ihrer Stiefel und stieg in den ersten Stock hinauf. Der Treppe gegenüber lag ein offenes Zimmer. Wie ein Wilder hämmerte der Pater auf einer Compu-tertastatur herum und pfiff vor sich hin.

„Hi, Magdalena, schön, dass du gekommen bist. Stefan kann ja nicht kommen, ist ja im Internat, das hatte ich nicht bedacht. Wie gefällt dir das Manuskript?"

„Ganz toll, ich habe auch schon ein paar Mitspielerinnen. Ge-novevas Mutter ist Schneiderin. Die wird auch eingespannt für die Kostüme. Jetzt brauche ich noch ein paar Jungs, aber das findet sich. Morgen habe ich nur zwei Stunden Unterricht, dann gehe ich in Sinas Schule und spiele Rattenfänger."

„Schön, hier gegenüber wohnen Sebastian und Terry, die spielen bestimmt auch mit."

„Ist Terry der schwarze Junge aus Nigeria?"

„Ja, genau. Der ist jetzt drei Jahre alt, wäre doch was für die Rolle eines der Straßenkinder."

„Meinst du wirklich?"

„Ach was, das passt schon, nicht nur wegen der Hautfarbe. Was meinst du denn, wie lange du brauchst, bis du alle zusammen hast?"

„Das schaffe ich in dieser Woche locker. Am Samstag könnten wir uns das erste Mal treffen. In der Kirche ist es aber ziemlich kalt, Andreas."

„Nein, die Kirche ist dafür nicht geeignet. Unten im Pfarrhaus gibt es einen großen und warmen Raum. Er ist leer und super geeignet für ein Krippenspiel."

„Andreas, darf ich dich noch etwas fragen?"

Der Pater speicherte sein Dokument und drehte sich vom PC weg. „Worum geht es denn?"

„Hast du früher einmal in einer Rockband gespielt, Schlagzeug?"

Pater Andreas nickte langsam und seine Gesichtszüge wurden ernst. „Wir waren sehr erfolgreich. Das haben manche von uns nicht verkraftet und so gingen nach und nach die Freundschaften zu Bruch. Ich bin mit 28 Jahren zu den Franziskanern gegangen und habe seitdem kein Schlagzeug mehr angerührt. Es hängen sehr schmerzhafte Erinnerungen daran. Wenn ich jetzt sehe, mit wie viel Herz Stefan Orgel spielt, was für ein Talent in ihm steckt, tauchen wieder die alten Bühnenbilder auf und es juckt mich in den Fingern. Im Keller habe ich mein Schlagzeug in Kisten eingemottet. Vielleicht, eines Tages ..." Ein Leuchten ging über sein Gesicht und er entspannte sich wieder.

„Danke, Andreas, Stefan hat aus dem Internet ein paar Lieder von euch heruntergeladen. Wir haben sie gestern noch gehört und ich finde es Klasse, was ihr damals gemacht habt. Papa würde das auch gefallen. Jetzt gehe ich aber, meine Schwester wartet schon auf mich."

„Ruf mich doch mal an, wie du vorankommst. Und – Dankeschön fürs Mitmachen."

Dienstag, 4. Dezember

Als Stefan am Sonntagabend nach Heidelberg gefahren war, hatte er das Gefühl, in seinem jungen Leben habe sich etwas verändert. Den ersten Schultag nach dem Wochenende verbrachte er mit Schularbeiten in Mathe und Harmonielehre, ging seinen Freunden aus dem Weg und zog sich abends in sein Zimmer zurück, um zu komponieren. Er schlief schlecht in der Nacht auf Dienstag und wachte schon um fünf Uhr wieder auf. Dieses Mädchen von zu Hause ging ihm nicht aus dem Kopf. Er stand endlich auf, duschte und zog sich an. Dann fasste er einen Entschluss. Aus seiner untersten Schublade, die immer abgeschlossen war, nahm er einen Briefblock heraus und griff zum Füller.

Hallo Magdalena,

da sitze ich nun in Heidelberg, gehe meinem Schulalltag nach und sehne die Ferien herbei. Ich bin jetzt sechzehn Jahre alt und habe mich immer gefreut, wieder hier in die vertraute Umgebung des Internats zurückzukommen. Diesmal war es anders, ich frage mich, warum. Ich hatte dich früher einmal flüchtig bei einem Konzert gesehen, das deine Mutter gegeben hatte. Völlig überrascht stellte ich fest, dass du auch in St. Quendolin wohnst. Dann bist du mir aber nie wieder begegnet bis

zu dem Morgen, als du dich in die Kirche setztest, um mir zu-
zuhören.

Vielleicht klingt das alles albern in deinen Ohren. Ich stelle
nur fest, dass ich sehr viele Gedanken nach St. Quendolin schicke und die meisten gehen zu dir. Das ist ein ganz neues Gefühl
für mich. Bisher bin ich allein super zurechtgekommen. Jetzt,
nachdem ich dich ein bisschen näher kennen gelernt habe,
funktioniert das nicht mehr so locker. Für dich klingt das vielleicht wie aus einem kitschigen Roman, aber ich traue mich
trotzdem, es dir zu sagen. Ich mag dich ziemlich gern und freue
mich schon jetzt auf das Wochenende. Du hast doch da ein
bisschen Zeit, oder?

Ich schicke den Brief ohne sichtbaren Absender weg, damit
keiner, der den Briefumschlag in die Finger kriegt, irgendetwas
Dummes sagt.

Liebe Grüße

Stefan

Er las den Brief noch einmal, wollte ihn dann zerknüllen und
von vorne beginnen, besann sich aber, faltete ihn zusammen
und steckte ihn in ein Kuvert, das er zuklebte, beschriftete und
mit einer Briefmarke versah. Das Frühstück begann erst in einer halben Stunde, also verließ er die Wohnanlage und ging
zum nächstgelegenen Postamt. Der Briefkasten wurde in einer

Viertelstunde geleert, also könnte er morgen schon in St. Quendolin sein. Er hob die Klappe und ließ den Brief hineingleiten.

Mittwoch, 5. Dezember

Magdalena hatte den gestrigen Tag damit verbracht, in Sinas Schule für das Krippenspiel zu werben. Inzwischen hatte sie zwanzig Kinder und Jugendliche zusammen. Auch Sina wollte sich beteiligen, allerdings nur im Hintergrund.

Heute hatte sie in der Schule das Manuskript kopieren dürfen und kam mit einem großen Packen Papier nach Hause. Sie steckte den Schlüssel ins Schloss, drehte ihn um und betrat den Flur. Auf dem Boden lag die Post des Tages verstreut herum. Die Innentür des Briefkastens war wohl aufgegangen und hatte seinen Inhalt ausgespuckt. Sie stellte ihre Schultasche ab und bückte sich, die Post zusammenzulegen. Die Post für die Eltern war wieder einmal sehr umfangreich. Dann entdeckte sie einen Brief, der an sie adressiert war. Der Absender fehlte und die Schrift war ihr unbekannt. Sie verfrachtete die Briefe ihrer Eltern in einem Korb und ging in ihr Zimmer. Dort schlitzte sie den Brief auf und ihr Herz begann zu klopfen, als sie die ersten Zeilen las. Sie legte sich aufs Bett und wiederholte ihre Lektüre. Ein warmes Gefühl machte sich in ihr breit.

Magdalena hatte viele Freundinnen, zu denen sie einen intensiven Kontakt pflegte. Um Jungs hatte sie bisher einen großen Bogen gemacht. Und jetzt Stefan? Sie schaute auf die Uhr. Ihre Schwester kam erst in einer Stunde zurück und der Briefkasten wurde in zwanzig Minuten geleert.

Sie setzte sich an den Schreibtisch, zog ein Blatt Papier aus ihrem Drucker und dachte nach. Dann schrieb sie:

Hallo Stefan,

ich war total überrascht, von dir einen Brief zu bekommen. Vielen Dank! Ich finde es gar nicht albern, so etwas zu schreiben, im Gegenteil. Ich mag dich auch gern und freue mich aufs Wochenende.

Viele Grüße

Magdalena

Mehr wollte sie nicht schreiben. Sie kramte in ihrer Schokoladenkiste und fand einen kleinen Nikolaus. Zusammen mit dem Brief steckte sie ihn in den Umschlag und klebte ihn zu. Hm, woher nehme ich jetzt die Adresse?

Sie eilte hinunter in die Diele, riss das Telefonbuch aus der Schublade und suchte nach der Telefonnummer der Großmutter Schiller.

„Hallo, Frieda, hier ist Magdalena."

„Wie geht es dir denn, wann kommt ihr zwei denn zum Essen?"

„Mir geht es gut. Gibst du mir bitte die Adresse von Stefan?"

„Einen Moment, bitte ..." Magdalena hörte es rascheln, dann war wieder Friedas Stimme da. „Die Adresse lautet ..."

Magdalena schrieb sie gleich auf den Briefumschlag, bedankte sich und kramte nach einer Briefmarke. Als sie den Brief betrachtete, dachte sie, dass sie nicht mit einer normalen Marke auskommen würde und frankierte ihn dann reichlich. Sie schlüpfte in ihren Anorak und in die Stiefel. Es würde knapp werden. Mehr rennend als gehend kam sie zwei Minuten später beim Briefkasten an, wo ein Mann gerade dabei war, dessen Inhalt in einen Sack zu stopfen.

„Oh, da komme ich ja noch gerade rechtzeitig. Nehmen Sie den noch mit?"

„Natürlich, wirf ihn hier rein."

Magdalena gab den Brief in den Sack und kehrte nach Hause zurück.

Donnerstag 6. Dezember

Magdalenas Wecker klingelte. Sie machte ihn aus und lauschte. Es herrschte im Haus ungewöhnliche Betriebsamkeit. Waren die Eltern noch zu Hause? Sie raffte sich auf, ging ins Bad und machte sich für den Tag fertig. Dann ging sie in die Küche, um ihren morgendlichen Aufgaben nachzugehen. Als sie die Tür öffnete, traute sie ihren Augen kaum. Der Tisch war festlich gedeckt, es roch nach frischen Brötchen und zwei Augenpaare richteten sich fröhlich auf sie.

„Da guckst du, Magdalena. Deine Rabeneltern sind doch tatsächlich zu Hause und tun mal was für ihre Kinder." Magdalenas Vater stand vom Tisch auf und nahm seine Älteste in die Arme.

„Papa, Mama, was tut ihr denn noch hier?"

„Wir wollten am Nikolaustag gerne bei euch sein. Daher geht heute keiner seiner Arbeit nach, auch ihr nicht", meinte ihre Mutter und strich ihr zärtlich über die Wange.

„Wir auch nicht?"

„Nein, heute ist schulfrei für euch, das haben wir arrangiert. Bevor das Jugendamt uns auffordert, unsere Kinder in eine Pflegefamilie zu geben, haben wir uns noch einmal besonnen. Es tut uns leid, dass wir so wenig Zeit mit euch verbringen. Und da helfen auch keine noch so gut gemeinten Ausreden." Carolin zog ihre Tochter an sich und küsste sie.

„Ich gehe mal den Langschläfer wecken", lachte Daniel Korbian und verließ die Küche, sichtlich zufrieden mit dem Erfolg, den er und seine Frau jetzt in ihrer Familie feiern konnten.

Nach einem ausgiebigen Frühstück, bei dem Magdalena von ihrem Projekt erzählte und auch die musikalischen Vorlieben von Pater Andreas nicht verschwieg, beschlossen sie, nach Heidelberg auf den Weihnachtsmarkt zu fahren.

Stefan hatte an diesem Tag alle Nase lang in seinen Briefkasten gesehen, ohne jedoch etwas vorzufinden. Als er in der großen Pause wieder davor stand, klatschte er sich plötzlich mit der Hand vor die Stirn und sagte halblaut: „Benimm dich nicht so kindisch. Entweder sie schreibt oder eben nicht. Das musst du jetzt aushalten."

Im Unterricht war er nur mit halbem Ohr dabei, konnte aber dennoch die Fragen seiner Lehrer beantworten. Um zwölf Uhr war die letzte Gelegenheit, in den Briefkasten zu schauen, denn mittags hatte er zwei Stunden Orgelunterricht und danach Chorprobe. Aus dem Schlitz schaute ihm eine Zeitschrift entgegen, also beschloss er, seinen Schlüssel herauszuholen und den Kasten zu leeren. Dann sah er den Umschlag und eine Woge raste durch seinen Körper. Da stand als Absender: M. Korbian, St. Quendolin. Verstohlen sah er sich um, aber niemand war in der Nähe. Er sprintete in sein Zimmer, nahm sein Taschenmesser und öffnete den Brief. Als ihm die Schokolade entgegenfiel, musste er lachen. Typisch Mädchen, aber wunderbar. Er faltete den kurzen Brief auseinander und las ihn. Eine große Ruhe kehrte bei ihm ein und er wusste, dass jetzt weitere Aufregungen nicht mehr nötig waren. Er las noch zweimal den kurzen Text, faltete ihn wieder zusammen und versteckte ihn in seiner untersten Schublade. Gelöst und entspannt ging er zum Mittagessen.

Freitag, 7. Dezember

Weiterhin hatte es Tag und Nacht geschneit und die Schulbehörden überlegten schon, den Beginn der Weihnachtsferien vorzuverlegen. Die Schulkinder waren von dieser Idee sehr begeistert, die Eltern weniger, denn viele würden die letzten Tage vor Weihnachten noch nutzen, um Geschenke zu besorgen.

Magdalena hatte sich noch mit Genovevas Mutter getroffen, um ein paar Schneiderarbeiten zu besprechen und war dann zu Andreas gegangen.

„Magdalena, mir gefällt das, wie du vorankommst. Ich habe noch eine weitere Idee."

„Oh Gott, das hält ja keiner aus!" meinte Magdalena und lachte ihren „Chef" an.

„Nein, so schlimm ist das nicht. Weihnachten hat ja ganz viel mit Licht zu tun, so wie Ostern auch. Deshalb fände ich es schön, wenn die Mettenbesucher auch etwas zu tun bekommen. Ich habe gestern eintausend Kerzen bestellt, die ich in der Mette einsetzen will."

„Eintausend, bist du ..."

„Vielleicht bin ich verrückt, vielleicht aber auch nicht. In die Kirche passen etwa vierhundert Leute rein. Das macht für jeden Besucher zweieinhalb Kerzen. Ich möchte, dass die Kirche am

Ende des Gottesdienstes taghell von tausend Kerzen erleuchtet ist, so wie die Sterne am Himmel von Bethlehem. Und das können wir nur alle zusammen erreichen. Was hältst du davon, Magdalena?"

„Wenn die Hauptgeschichte in einem Keller spielen soll, da kann ich mir Sterne schwer vorstellen, Andreas!"

„Die Sterne sind auch in der Bibel nur symbolisch gemeint und stehen für offene Herzen und wärmendes Mitgefühl der Menschen. Und, die Kerzen machen warm und das ist in unserer Kirche bitter nötig, sowohl innen als auch außen."

Magdalena bedachte die Argumente ihres neuen Freundes und gab ihm schließlich Recht. „Es werden sowieso Veränderungen bei dem Krippenspiel nötig sein, also warum auch nicht bei der Beleuchtung."

„Gut, dann wäre das besprochen."

„Pater Andreas? Ich hätte noch ein Anliegen."

„Ähm, so förmlich?"

„Naja, mir ist das unangenehm, aber hättest du etwas dagegen, wenn ich morgen früh den Raum da unten putze?"

„Du willst was? Den Raum putzen?"

„Ja, tut mir leid, aber da fühle ich mich nicht wohl, wenn das so schmuddelig ist."

Pater Andreas kratzte sich am Kopf und zeigte dann seine Zähne: „Okay, tu, was du nicht lassen kannst. Die Putzsachen stehen ..."

„Das finde ich schon, und jetzt gehe ich heim. Gute Nacht.

Magdalena spürte, dass sich die Müdigkeit in ihren Körper und Geist geschlichen hatte. Sie hatte neben der Schule, dem üblichen Haushaltskram und dem Versorgen ihrer Schwester mit dem Krippenspiel eine zusätzliche Belastung bekommen, von der sie aber wusste, dass sie zeitlich begrenzt war. Mit gesenktem Kopf, damit sie den eisigen Wind nicht ins Gesicht bekam, trat sie den Heimweg an.

„Hallo Magdalena!" Sie schreckte hoch, vor ihr stand Stefan, „ich wollte nur mal sehen, ob du noch unterwegs bist. Kann ich dich nach hause begleiten?"

Magdalena strahlte Stefan an und nickte bloß. „Ich kann vor dir hergehen, damit du in meinem Windschatten gehen kannst."

„Ach Quatsch, das schaffe ich schon. Wie war denn deine Schulwoche?"

„Naja, anders als sonst. Danke für den Nikolaus, ich habe ihn schon gegessen. Ich hab mich riesig gefreut über ihn." Seine Stimme drückte so viel Wärme und Zuneigung aus, dass Magdalena nicht anders konnte, als seine Hand fest zu drücken.

Vor ihrem Gartentor wollte er sich verabschieden, aber Magdalena packte seine Hand und zog ihn zur Haustür. „Du kannst doch Frieda anrufen, dass du bei mir noch einen Punsch trinkst? Heute Abend sind wir als Familie komplett, da lernst du Mama und Papa kennen und Sina ist auch schon ganz neugierig auf den famosen Orgelspieler."

Stefans Gesicht zeigte ein tiefgründiges Lächeln, das er gern versteckt hätte, aber der Bewegungsmelder an der Haustür hatte die Treppe in helles Licht getaucht, so dass Magdalena jedes Härchen in Stefans Gesicht sehen konnte. „Du kannst ruhig sagen, dass du dich über die Einladung freust, Stefan!"

„Ja, das stimmt. Ich freue mich über die Einladung. Kann ich von drinnen telefonieren?"

„Sicher ..." Magdalena hatte endlich ihren Schlüssel gefunden und sperrte auf. „In dem Schrank hier stehen unsere Gästehausschuhe, bedien dich bitte."

Stefan gehorchte und zog ein paar Filzlatschen aus dem untersten Regal. „Die könnten an meine Quadratfüße passen." lachte er und entledigte sich seiner nassen Stiefel.

Magdalena zog ihre eigenen Hausschuhe an und wies auf ein Telefon, das in der Diele stand. Stefan nickte und wählte die Nummer seiner Großmutter. Da dort nur der Anrufbeantworter anging, sprach er seine Nachricht auf, gab die Telefonnummer der Korbians bekannt und hängte ein. „Wieder einmal ist meine junge Großmutter unterwegs. Ich glaube, heute Abend spielt sie irgendwo Bridge."

Aus dem Wohnzimmer war Musik zu hören. Magdalena öffnete die Tür und rief: „Bin wieder da. Ich habe Stefan Schiller mitgebracht ..."

Carolin unterbrach ihr Klavierspiel und begrüßte den Gast: „Ich bin Carolin Korbian, mein Mann ist unten im Keller und traktiert seine Hammondorgel. Das ist ein gutes Zeichen für den Patentabschluss. Möchtet ihr einen Punsch?"

„Ja, gern, Mama, wo ist denn Sina?"

„Oben, sie meinte, wenn hier was Spannendes passieren sollte, muss ich sie holen."

„Und, ist was Spannendes passiert?" fragte Magdalena.

„Klar, wenn wir hier einen der größten Nachwuchsmusiker Deutschlands im Haus haben, ist das doch etwas Spannendes."

„Wie, einer der größten Nachwuchsmusiker?" stellte sich Magdalena dumm.

„Wenn meine Tochter hier einen jungen Mann anschleppt und sich nicht darum kümmert, wer und was er ist, dann muss das eben die Mutter tun. Stefan hat im Sommer in Japan einen sehr wichtigen Nachwuchspreis gewonnen und ..."

„Frau Korbian, das ist genug der Lobreden. Ich glaube auch, dass Magdalena sehr genau weiß, wer und was ich bin, auch wenn sie nicht im Internet nachgesehen hat. Verzeihen Sie bitte meine Unhöflichkeit, aber ich kann es schwer ertragen, wenn über meine musikalischen Wettbewerbe und Gewinne gesprochen wird. Vielleicht muss ich das noch lernen, aber nicht jetzt."

„Okay, trotzdem hole ich Sina." Sie ging in die Küche, stellte das Getränk auf den Herd und stieg die Treppe zu Sinas Zimmer hoch.

„Mama geht manchmal ein bisschen zu weit. Das mit dem Musikwettbewerb in Japan war mir nicht unbekannt, aber, da du nicht davon sprachst, dachte ich, es ist dir nicht wichtig, dass ich darüber rede. Ich finde dich auch so schon nett."

„Danke, Magdalena. Darf ich mal kurz zu deinem Vater gehen?"

„Ich komme mit."

Die beiden stiegen die Kellertreppe hinunter. Hier konnte sie gedämpfte töne hören. „Papa hat versucht, hier alles möglichst schalldicht zu machen. Einmal im Jahr sitzt er hier unten im Keller mit einer ganzen Rockband und dann spielen sie eigene Stücke ein, ohne sie aber jemals zu veröffentlichen. Der Technikkram macht ihnen unheimlich viel Spaß. Papa sagt dann immer, wenn ich ihn frage, ob das nicht veröffentlicht wird: Wir sind alle ausgezeichnete Musiker, mehr aber auch nicht. Das ist seine einzige Antwort."

Magdalena öffnete eine breite Tür, und durch den Spalt quoll der klare und deutliche Sound der Hammondorgel. Daniel saß hinter dem Instrument, völlig vertieft in seine Welt und spielte „Whiter shade of pale" mit einer Hingabe, als hätte er das Stück selbst komponiert.

Stefan bekam glänzende Augen: „Wow, das klingt ja wirklich echt. Dein Papa kann was."

Ob er nun den Luftzug gespürt hatte, den die offene Tür produziert oder Stefans Worte gehört hatte, Daniel Korbian hob den Kopf, sah zuerst seine Tochter und erblickte dann den fremden Jungen. Er grinste beide an und beendete das Musikstück mit einem letzten Akkord.

„Hi Papa, das ist Stefan Schiller."

„Hi, ihr zwei, ein großer Ruhm eilt deinem neuen Freund voraus. Hättest du Lust, mit mir ein bisschen abzurocken, Stefan?"

„Das müssen Sie mich nicht zweimal fragen. Nur ..."

„Ich nehme die Gibson-Gitarre dort drüben, da kann man mehr Krach machen. Magdalena, willst du ein Mikrofon?"

„Klar, wenn schon, dann schon."

Daniel schien in seinem Element zu sein. Er baute einen Mikrofonständer auf, wickelte aus einem Samttuch ein teuer aussehendes Mikrofon, steckte es in den Halter und zog ein Kabel zum Mischpult. Dort suchte er den richtigen Kanal („Magdalena" stand auf einem Schild darunter, gab über den Rechner ein paar Befehle ein und meinte dann: „Okay, der Kanal ist jetzt auf dich eingestellt. Was spielen wir denn?"

„Zum Warmwerden die Sambaparty von Santana?" wagte Stefan zu fragen.

„Oh, das ist genau richtig für einen zweitklasigen Gitarristen wie mich. Magdalena, brauchst du den Text?" Diese Nickte und Daniel gab wieder ein paar Befehle in den Computer ein und der Drucker gab nach wenigen Augenblicken das gedruckte Lied aus. „Und du Stefan, brauchst du auch Noten." Stefan schüttelte wild den Kopf. „Wir bleiben doch in der Originaltonart?"

Daniel bejahte, stimmte die Gitarre, stellte den Verstärker ein und sagte: „Ich bin bereit."

Stefan zählte vor und Daniel begann mit dem Vorspiel. Im zweiten Takt setzte Stefan ein und dann fanden sich die beiden Musiker im Wechsel zusammen. Vor Begeisterung verpasste Magdalena fast ihren Einsatz. Stefan hob sehr erstaunt den Kopf als er Magdalenas Singstimme hörte und traute fast seinen Ohren nicht. Er hörte die Stimme einer erwachsenen Frau, die tief und klar klang, der man die Schulung und das Talent anhörte. Beim Soloteil des Stücks kamen Percussionsinstrumente in den Einsatz, Sina und Carolin hatten sich hereingeschlichen und beteiligten sich jetzt an den Ausführungen der Samba Party. Carolin unterstützte ihre Älteste mit einer zweiten

Stimme und Stefan wünschte, das Stück würde nie zu Ende gehen.

„Mein Gott, das gab es hier noch nie", schnaufte Daniel, dem der Schweiß auf der Stirn stand. „Ihr seid Klasse. Was jetzt?"

„Mal was Leichtes, vielleicht Yesterday von den Beatles", schlug Carolin vor.

Der Vorschlag wurde einstimmig angenommen. Sina setzte sich ans Schlagzeug und dann verging Stunde um Stunde, in der die fünf in der Musikgeschichte auf- und abwärtsgingen, als hätten sie nie etwas anderes gemacht.

„Es ist jetzt gleich Mitternacht, ein Stück noch und dann ist Schluss", sagte endlich Daniel.

Magdalena sah zu Stefan hinüber, der nickte und begann mit dem Vorspiel von „Sound of Silence". Sina spielte einen einfühlsamen Rhythmus dazu, als wüsste sie, dass noch etwas anderes kommen würde. Carolin sang die erste Strophe. als diese fertig war, änderte Stefan leicht das Tempo und wechselte zu „Stille Nacht" hinüber, setzte die Pedale ein und spielte die erste Strophe des alten Weihnachtsliedes so wie sie jeder kannte. Magdalena sang die Melodie dazu. Wieder kam ein Wechsel, während Daniel zum Saxophon gegriffen hatte und ein paar Blue notes in den Raum warf. Stefan improvisierte ein Weilchen auf dem Thema von „Sound of Silence", spielte ein Zwischenspiel, für das er alle Pedale und vor allem die linke Hand einsetzte. Wie in einer Fuge von Johann Sebastian Bach rollte eine Welle von Rhythmen und Begeisterung durch den Raum, dass er alle mitriss. Aus der „Stillen Nacht" wurde eine „Laute Nacht", die so heilig war, dass man die Engel singen hören konnte. Stefan wechselte noch einige Male zwischen den beiden Liedern hin und her und ließ es dann mit dem Nachspiel von „Stille Nacht" ausklingen.

Von irgendwoher konnte man ein klopfen hören: „Oh, das ist Großmutter, die macht sich schon Sorgen und sucht mich bei euch. Darf ich sie reinlassen?"

„Ich komme mit", sagte Carolin und schaltete ihr Mikrofon aus. Magdalena fand, dass dies ein guter Abschluss für diesen Abend war. Sie drückte ihren Vater ganz fest an sich und flüsterte glücklich: „Danke, Paps."

Samstag, 8. Dezember

In dieser Nacht hatte sich ein starker Wind erhoben. Er blies den Schnee zu großen Verwehungen zusammen, so dass an manchen Stellen das weiße Nass zwei Meter hoch aufgetürmt war. Zu dem heftigen Wind gesellten sich weitere Schneefälle. Die Räumdienste hatten mehr zu tun, als sie bewältigen konnten.

Magdalena wachte vom Heulen des Windes auf und warf einen Blick zum Fenster. Von dort starrte sie ein helles Viereck an und plötzlich wurde ihr klar, dass der Vormittag schon ein Weilchen fortgeschritten war. Sie erinnerte sich an die vielen Dinge, die sie noch erledigen musste, drehte sich einmal durch das ganze Bett, fand keinen Ausweg, wie sie es anstellen konnte, noch ein Stündchen in der Wärme zu bleiben und warf schließlich die Bettdecke zur Seite und erhob sich.

Beim Klopfen von Frieda an die Fensterscheiben am vergangenen Abend war es nicht geblieben. Alle waren in so aufgeräumter Stimmung, dass Carolin Frieda dazu überreden konnte, in der Küche noch einen Punsch zu trinken. Dann wurden Backrezepte und Weihnachtsbräuche ausgetauscht und die beiden Mädchen genossen es, dass in ihrer Küche mal etwas los war. Daniel redete viel mit Stefan und es ging vor allem um Musik und Instrumente. Magdalenas Papa gefiel dieser junge Mann und am liebsten wäre er mit ihm wieder im Keller verschwunden, aber das wussten die Frauen rechtzeitig zu verhindern.

Gegen drei Uhr waren dann Stefan und Frieda aufgebrochen und man hatte sich für den Sonntag zum Mittagessen verabredet. Stefan strich Magdalena beim Abschied kurz über die Wange, lächelte sie an und ging.

Müde tappte Magdalena ins Bad und gab sich einer Katzenwäsche hin. Im ganzen Haus war es so still wie in einem Schrank, in dem nur die Mäuse umherhuschten, um die Brotkrümel, die sie sich organisiert hatten, zu verspeisen. Magdalena schlich die Treppe hinunter, trank in der Küche einen Tee und aß ein Marmeladenbrot. Dann packte sie ihren Rucksack mit Putzlappen und Reinigungsmitteln und zog los.

Schon beim ersten Klingeln ging die Tür des Pfarrhauses auf und Andreas trat ihr entgegen: „Guten Morgen, Magdalena, ich muss leider zu einem Sterbenden ins Nachbardorf und kann dir daher nicht helfen. Einen Putzeimer findest du unten im Heizungskeller. Dort stehen auch noch andere wichtige Dinge für Hausfrauen ... ähm. Ich bin in zwei Stunden wieder da." Er winkte ihr noch einmal zu, ohne das Magdalena eine Gelegenheit hatte, irgendetwas zu entgegnen und ging zur Garage, die er bald mit einem Ford älteren Modells wieder verließ.

Magdalena hängte ihren Anorak auf, stieg in ihre Hausschuhe und suchte den Kellereingang. Im Heizungskeller fand sie alle notwendigen „Dinge einer Hausfrau" einschließlich ungeöffneter Putzmittel und nagelneuer Wischtücher. Sie musste lachen, wie sie sich vorstellte, dass Andreas sich vor diesen „Dingen" aufbaute, sie lange anstarrte und dann beschloss, dass er jetzt erst einmal seine Predigt für den Sonntag schreiben sollte, und dass da noch ein Besuch beim Bürgermeister …, und dass es sich vielleicht noch gar nicht lohnen würde, jetzt schon mit den Putzarbeiten zu beginnen, denn die Woche war ja noch lang und würde noch mehr Dreck ins Haus bringen.

Magdalena bereitete sich den ersten Putzeimer vor, kehrte sorgfältig den großen und leeren Kellerraum, in dem sie sich heute Nachmittag mit den Krippenspielteilnehmern treffen wollte und benötigte anschließend vier Eimer Wasser, um den Raum so sauber zu wischen, wie es ihren Vorstellungen entsprach. Darüber waren zwei Stunden vergangen, vom Pater fehlte jedoch immer noch jede Spur.

Magdalena beschloss nachzusehen, wie die Küche aussah und ging nach oben. Sie stellte fest, dass hier eine Grundreinigung noch nötiger war als im Keller, war sich aber nicht sicher, ob sie hier einfach loslegen sollte. Dann dachte sie an die tausend Kerzen und daran, dass sie dafür da waren, Licht zu bringen und entschied sich, für den Pater auch ein bisschen Helligkeit in sein einsames und von Arbeit überquellendes Leben zu bringen.

Sie spülte das Geschirr, fand schnell die Plätze, wo alles aufgeräumt werden konnte und machte sich dann über die Arbeitsfläche, den Herd und den Esstisch her. Zufrieden mit sich und ihrem Werk stapelte sie zum Schluss die Zeitungen auf dem Sofa, band eine Schnur darum und wischte die Küche mit großem Eifer.

„Hm, hm ..." Erschrocken drehte sich Magdalena zur Küchentür. Dort stand der Franziskanerpater und hatte große Augen. „Mensch, Magdalena, das wäre aber nicht nötig gewesen."

„Ich dachte mir, du könntest auch ein bisschen Helligkeit in deinem Zuhause vertragen. Das ist doch dein Zuhause?"

„Ja, das ist mein Zuhause, aber ich behandle es nicht so. Das erfüllt für mich alles einen bestimmten Zweck, weil ich gelernt habe, mich an sogenannte irdische Dinge nicht zu binden. Auf der anderen Seite ist es auch schön, nach Hause zu kommen in eine saubere Küche und es ist ein Mensch da, der das für mich getan hat. Danke, Magdalena."

Wenn Magdalena sich nicht täuschte, dann sah sie noch, wie Pater Andreas sich beim Umdrehen mit dem Handrücken über die Augen wischte. Das machte ihr Herz ganz weit, und sie wusste, dass es eine gute Entscheidung gewesen war.

Einen Teil der Zeitungen legte sie im großen Flur des Pfarrhauses aus und beendete ihr Werk. Pater Andreas rief sie nach oben ins Büro.

„Ich habe unten Zeitungen ausgelegt. Die Kids sollen bitte alle ihre Schuhe dort abstellen. Es war vereinbart, dass sie Hausschuhe mitbringen müssen. Wer keine dabei hat, wird heimgeschickt. Bei dem Sauwetter macht es keinen Sinn, die Schuhe im Haus anzulassen."

„Damit bin ich einverstanden. Ich habe hier in der Kanne noch einen heißen Tee. Möchtest du?"

„Ja, sehr gerne."

Die beiden setzten sich an einen niedrigen Tisch und Pater Andreas rührte nachdenklich in seiner Tasse.

„Vielleicht gehe ich jetzt ein bisschen zu weit und du musst einfach sagen, dass dir das zu viel ist. Ich hatte eine sehr zerrissene Jugend. Ich habe als Vierzehnjähriger Hasch geraucht, streunte nachts in der Gegend herum und blieb auch die eine oder andere Nacht in einer zwielichtigen Unterkunft, ohne daheim Bescheid zu sagen, was aber auch nichts geändert hätte. In einer dieser Nächte wurde ich ziemlich high von der Polizei in Gewahrsam genommen und ein Sozialarbeiter mischte sich in mein Leben ein. Er kümmerte sich um Straßenkinder und gestaltete mit ihnen ihre Freizeit, nachdem sie freiwillig oder unfreiwillig wieder zur Schule gingen. Ich war noch nicht so weit abgesackt, dass ich in ein Heim gehört hätte, aber ich glaube, ich war nahe daran. Der Sozialarbeiter hatte einen Musiktick, erzählte viel von Rockbands, erzählte begeistert von Woodstock – für mich alles böhmische Dörfer – und nahm mich mit zu einer

Truppe, die versuchte, aus viel Krach im Zusammenwirken Musik entstehen zu lassen. Der Sozialarbeiter besorgte mir ein Schlagzeug und Unterricht und es stellte sich bald heraus, dass ich Talent hatte, was allerdings nicht zu den anderen passte. Winfried, so hieß der Sozialarbeiter, hatte eigentlich vorgehabt, mit Hilfe der Bandarbeit uns Jungs von der Straße wegzukriegen. Aber – sobald das mit Arbeit verbunden war, verschwanden die anderen und fingen wieder an zu kiffen.

Ich habe in den drei Wochen kapiert, dass ich jetzt meine Richtung ändern muss oder ich würde es nie schaffen. Ich verbiss mich ins Schlagzeugspielen, brachte ohne Mühe nach kürzester Zeit meine Hände und Füße dazu, unabhängig voneinander zu werden und konnte nach einem halben Jahr zwei gegensätzliche Rhythmen gleichzeitig spielen. Mit sechzehn bekam ich ein Stipendium für eine Schule in den Vereinigten Staaten und lernte dort meine Band kennen, mit der ich zwölft Jahre zusammen war und arbeitete. Wir wurden bekannt, hatten viel Erfolg und auch viel Geld und tingelten in Amerika herum. Das Geld machte uns überheblich. Der Bandleader schlug mit der Musik eine Kommerzrichtung ein, die nichts mehr mit Rock zu tun hatte. Der Gitarrist verließ uns als erster und wechselte zu einer heute noch in den USA bekannten Band. Ich selbst hatte es satt, in Nachtclubs zu spielen, nur noch Tanzmusik zu machen, die gecovert war und nichts mehr mit meinem eigenen Stil zu tun hatte. Ich beschloss, nach Deutschland zurückzukehren und Franziskaner zu werden. Und das bin ich jetzt. Das ist ein kleiner Teil meiner Lebensgeschichte, in der es sehr viele schmerzhafte Passagen gab. Heute bin ich glücklich mit meiner Entscheidung, es gab aber auch Jahre, in denen ich mich durchbeißen musste.

Wir haben hier im Dorf auch einige Außenseiter. Als Pfarrer hört man so dies und das. Ich habe dich auf Sebastian und Terry, die hier gegenüber wohnen, aufmerksam gemacht. Terry stammt aus Nigeria und wurde adoptiert. Die Eltern sind etwas überfordert mit dieser Situation, die sie ja selbst geschaffen haben und die beiden Jungs finden hier keinen Anschluss. Ich möchte die beiden gern im Krippenspiel dabei haben, vielleicht, weil ich auch einen Sozialarbeitertick habe?"

Magdalena hatte ihm mit wachen Augen zugehört und meinte dann: „Jetzt verstehe ich den Hintergrund deiner Weihnachtsgeschichte. Ich habe schon versucht, zu Sebastian und Terry Kontakt aufzunehmen, aber ich erreiche sie nie. Da ist entweder keiner zu Hause oder es macht einfach niemand auf."

„Magdalena, es geht mir nicht in erster Linie um das Krippenspiel, es geht mir hier um die Kinder, die nicht dazugehören. Ich weiß, dass das vielleicht zu weit geht. Nur habe ich die Erfahrung gemacht, dass einmal ein solches Event im Leben der Kids sie prägt für lange Zeit. Ich mute dir auch sehr viel zu, denn letztlich liegt es an dir, wen du hier mit ins Boot kriegst. Und natürlich muss die Truppe auch spielfreudig sein, sonst wird das ein alter Schuh."

„Wir werden das Kind schon schaukeln. Ich habe eine gute Unterstützung durch meine Klassenkameradinnen und meine Eltern. Beide, ich traute meinen Ohren ja nicht ganz, aber beide wollen sich bereit halten, falls jemand gebraucht wird für Handwerkerarbeiten oder im musischen Bereich. Mama würde sogar einen Kinderchor auf die Beine stellen, der das eine oder andere Lied in der Mette singen könnte."

„Okay, ich freue mich, dass ich dir das erzählen konnte, auch wenn du noch sehr jung bist. Und ich denke auch, dass das unter uns bleibt. Ich meine, damit,, dass ich dir dahingehend vertraue, wem du davon erzählst und wem nicht."

Magdalena stand von ihrem Platz auf, ging zu Pater Andreas hinüber und drückte ihm fest die Hand. „Ich freue mich auf die vor uns liegende Zeit, Andreas. Und - ... ich freue mich darauf, mit den Kindern hier im Ort etwas sinnvolles auf die Beine zu stellen."

„Gut, ich wärme jetzt noch einen Eintopf mit Würstchen auf, der sollte für uns beide reichen und dann kann die Bande kommen."

Magdalena deckte den Tisch in der Küche und wunderte sich über sich. Da kannte sie den Pater nun erst eine Woche ein bisschen näher und schon aß sie mit ihm Eintopf und war seine engste Mitarbeiterin.

Punkt zwei Uhr klingelte es Sturm an der Haustür und eine lärmende Kinderschar stand draußen im Schnee. Magdalena überblickte schnell den kleinen Haufen und entdeckte unter den Kindern auch Sebastian und Terry. Für manches muss man sich nicht mühen, es wird einem geschenkt, dachte sie nur und ließ die Kinder, nachdem sie nochmals auf das Tragen der Hausschuhe hingewiesen hatte, ins Haus. Brav folgten etwa zehn Kinder ihren Anweisungen und verschwanden nach und nach im Keller.

Wie besprochen traf eine Viertelstunde später noch einmal eine Schar von Jugendlichen ein, zu denen auch Stefan gehörte. Er hatte seine Gitarre dabei, drückte Magdalena kurz und heimlich an sich und verschwand auch im Keller.

Nach ihrer Zählung waren alle da, die sie gefragt hatte, vielleicht kämen später noch ein paar dazu.

Pater Andreas hatte die Kinder in Empfang genommen und machte kurz eine Kennenlernrunde. Er bewies ein außerordentliches Geschick im Umgang mit ihnen und konnte sich sehr schnell alle Namen seiner Schauspielgruppe merken.

„So, ich glaube, jetzt sind alle da. Ich will euch alle noch einmal begrüßen und herzlich Willkommen heißen. Ich freue mich riesig, dass ihr alle da seid, und euch auf etwas einlassen wollt, von dem ihr nicht wisst, was es von jedem Einzelnen von euch fordert. Ich habe ein Krippenspiel geschrieben, das ein bisschen mit meinem Leben und mit dem Leben vieler Kinder in eurem Alter zu tun hat ..."

„... ich spiel die Maria ..." rief ein Mädchen, das für diesen Satz ausnahmsweise den Daumen aus dem Mund genommen hatte.

„Und ich mach den Josef", grölte Sebastian, was ihm ein allgemeines Gelächter einbrachte, denn Sebastian sah eher wie ein Engel aus, der gerade einen Streich ausheckte als wie ein Zimmermann, der auf Herbergssuche war. Er grinste alle an und war glücklich, dass ihm die Rolle des alten Mannes erspart blieb.

„... und den Jesus?" fragte Terry, „kann ich den nicht spielen, ich weiß, der war nicht schwarz, aber ..."

„Ich weiß, du schwarz ..." lachte Toni und fand Beifall bei einigen der Jungs, die eher aus Neugier als aus Spielfreude gekommen waren.

Nachdem sich das Gelächter gelegt hatte, erhob Pater Andreas wieder seine Stimme und sagte: „Ich hoffe, Toni, es bleibt bei diesem kleinen Ausrutscher. Wie ich sehe, habt ihr den Hintergrund des Krippenspiels schon voll erfasst. Außer Magdalena kennt es noch niemand. Es gibt in diesem Spiel weder Hirten noch Engel, weder Maria noch Josef oder gar das Jesuskind. Es gibt da Menschen wie du und ich, kleine und große, fröhliche

und traurige, vielleicht auch einsame und solche, die lieber woanders leben würden als bei ihren Familien. Das Krippenspiel
spielt euer Leben, ihr spielt euer Leben in diesem Krippenspiel
und seid doch nur die Schauspieler. So, jetzt geht es mit
Magdalena weiter und ich gucke euch erst einmal zu."

Magdalena stellte sich in den Kreis und gab eine kurze Zu-
sammenfassung des Spiels. Die Kinder lauschten aufmerksam
und auch die Jungs, die eigentlich „keinen Bock auf so einen
albernen Kinderkram" hatten, fühlten sich angesprochen.

„Ich möchte jetzt mit euch die Rollen verteilen. Das ist nicht
ganz einfach, denn ihr wisst ja noch nicht wirklich, was die einzelnen spielen werden. Zuerst einmal brauche ich Doktor. Wer
spielt den?"

Keiner wagte sich vor. „Die Rollen sind nicht darauf festge-
legt, ob es ein Junge oder ein Mädchen spielt. Was hier in dem
Text ein Junge ist, kann in der Vorstellung auch ein Mädchen
sein." ergänzte Pater Andreas.

„Ich spiele den Doktor, wenn ich darf", bot sich Genoveva
an.

Magdalena schaute kurz in die Runde, sah keinen Wider-
spruch und schrieb ihren Namen hinter Doktor.

Sie zählte nach und nach die einzelnen Personen auf und
bald waren alle Rollen verteilt. Es blieben noch sechs Kinder
übrig.

„Euch brauche ich für wichtige Bühnenarbeiten. Weil wir ja nicht ständig woanders hingehen können, müsst ihr die Bühnenlandschaft während des Spiels verändern. Ihr seid dann auch die U-Bahn oder diese Prachtstraße in Berlin, da werden uns schöne Sachen dazu einfallen. Wichtig ist, dass wir das Ganze in Bewegung halten, nur dann sieht es echt aus. Aber das ganze Krippenspiel taugt nichts, wenn nicht wenigstens einmal während jedes Vorbereitungstages etwas schief geht und darüber gelacht wird. Okay? Wir sind keine Profis, da sind Schnitzer erlaubt!"

„Wann gibt es Schnitzel?" meldete sich Terry zu Wort und wurde dafür von seinem Bruder in die Seite geboxt.

„Die gibt es nach dem nächsten Vorbereitungsnachmittag, denn wer arbeitet, muss auch essen", mischte sich Andreas ein und alle nickten begeistert.

„Ich möchte noch etwas mit euch ausprobieren", meldete sich Stefan zum ersten Mal zu Wort. „Kennt ihr das Lied: ‚Oh happy day'?"

Viele der älteren nickten, die jüngeren hatten keine Ahnung. „Da ihr ja alle, außer vielleicht Terry, lesen könnt, habe ich hier ein paar Textblätter mitgebracht. Das Lied ist sehr einfach und erzählt, wie glücklich die Leute waren, weil sie wussten, dass Jesus auf die Erde gekommen ist. Darum heißt das auf Deutsch ungefähr so: Es wird ein glücklicher Tag werden, wenn Jesus kommt, wenn er wirklich kommt' Wollt ihr das mal mit mir ausprobieren?"

Die meisten wollten es und so teilte Stefan die Gruppe durch zwei und ließ dabei den Zufall auswählen. Bald standen zwei gleichgroße Chöre nebeneinander und warteten auf weitere Anweisungen. Es ging erstaunlich ruhig zu und Magdalena hatte den Eindruck, dass das auch an Stefans Ausstrahlung lag, die den Kindern vermittelte, dass sie das konnten, was er jetzt mit ihnen vorhatte.

„Das Lied stammt aus Amerika und wurde von den Sklaven gesungen, wenn sie bei der Arbeit auf den Plantagen waren. Ihr müsst euch das ein bisschen vorstellen. Sie sind ganz weit weg von der Heimat, müssen für Leute arbeiten, von denen sie gekauft wurden und können sich nur über ihre Musik miteinander und mit ihrem Gott verständigen. Deshalb ist in dem Lied so viel hm Leidenschaft, wenn ihr wisst, was ich damit meine. Die Schwarzen haben dazu geklatscht, waren leise und ganz laut, haben das Lied melodisch gesungen oder nur geschrien. So machen wir das auch. Zuerst einmal alle zusammen."

Er machte mit der Gitarre ein Vorspiel, das schon die Melodie enthielt und gab dann den Einsatz. Vereinzelte Stimmen erklangen, manche hörten anfangs nur zu und orientierten sich dann an ihrem Nachbarn. Stefan unterstützte den Chor mit seiner Stimme und Magdalena und Sina halfen ihm dabei. Endlich trauten sich alle und der Keller begann zu brodeln. Die kleineren Kinder klatschten nach und nach im Rhythmus mit und es ergab sich ein Klangteppich, bestehend aus fünfundzwanzig einzelnen Stimmen, die zueinander gefunden hatten. Dann war da plötzlich ein Bariton zu hören, tief und voll, mit fast allem, was eine menschliche Stimme geben konnte und sang die Soloparts des Liedes. Zuerst stolperte der Chor ein bisschen über diese Einmischung von Pater Andreas, aber Stefan führte sie weiter und die Kinder entdeckten, dass nur durch ihren Klangteppich dieser Sologesang möglich war und wurden immer eifriger.

Nach etwa fünf Minuten gelang es Stefan, den Chor immer leiser werden zu lassen, bis am Schluss alle nur noch den Rhythmus mit ihren Händen klatschten.

So ging die erste Probe des Krippenspiels zu Ende und hinterließ seine Spuren nicht nur im Schnee vor dem Haus.

Sonntag, 9. Dezember

An diesem Morgen hatte der Schneefall etwas nachgelassen und die Mitarbeiter der Straßenwacht freuten sich über die Verschnaufpause, auch wenn weitere und noch heftigere Schneefälle angekündigt worden waren. Die Familie Korbian war früh aufgestanden. Daniel wollte mit seinen beiden Töchtern zum Schlittenfahren gehen. Hinter dem kleinen Tannenwald war ein alter Steinbruch, in dem es an einer Stelle eine natürliche Rodelbahn gab. Carolin hatte die Nase zum Fenster hinausgesteckt und sich dann doch überreden lassen, den kleinen Familienausflug mitzumachen. Und so zogen die vier schon um halb zehn Uhr durch das Dorf, zwei Schlitten im Schlepptau und freuten sich über das Knirschen des Schnees und die Aussicht auf einige schöne Abfahrten.

Magdalena zog gerade den einen Schlitten, als sie von hinten ein sehr großer Schneeball traf und schon war die schönste Schneeballschlacht im Gange, bei der jeder etwas abbekam, egal wie gut er sich versteckte. Da sie alle in Bewegung blieben, wurde es niemandem so kalt, dass der Ausflug abgebrochen werden musste. Am Steinbruch waren sie die einzigen, aber es musste wohl schon am Abend vorher jemand mit einem Schlitten ohne Kufen den Hang geglättet haben, denn die Fahrt über den verdichteten Schnee ging so gut, dass sie sogar Wettrennen fahren konnten.

Nach einer Stunde Toben hatten alle genug und Carolin packte Tee und ein paar Lebkuchen aus, die den vieren wieder ihre Kräfte zurück gaben.

„So, jetzt gehen wir heim, ziehen uns um und belästigen die Familie Schiller", sagte Daniel und fand für diesen Vorschlag Zustimmung.

Magdalena und Sina liefen nebeneinander her, die Eltern kümmerten sich um die Schlitten.

„Magdalena, bist du in Stefan verliebt?" erkundigte sich die kleine Schwester.

Magdalena wurde ein bisschen rot und hustete verlegen. „Ähm, ich weiß nicht, ich mag ihn gern, aber ob das schon verliebt ist, keine Ahnung."

„Und Stefan?"

„Hm, ich glaube, er weiß das für sich schon sehr genau, jedenfalls benimmt er sich so, als wäre er verliebt."

„Gefällt dir das?"

„Ich finde es schön, einen Freund zu haben."

„Heißt das, dass du dann in Zukunft keine Zeit mehr für mich hast?" fragte Sina kläglich.

„Ach was! Du bist meine Schwester und für dich habe ich immer Zeit, und die will ich auch haben. Ich bin ja auch erst fünfzehn, und da legt man sich – glaube ich – noch nicht so fest."

„Ich finde ihn auch nett. Er hat nicht diese Art von den Hoppern, die alles besser wissen, die einen wie ein kleines Kind behandeln, weil sie noch keine Zigarette geraucht haben und so was. Das mit dem Lied hat mir gut gefallen. Das können wir immer machen. Und der Pater, der hat ja eine Stimme wie so ein Mönch auf dem Berg Artus in Griechenland."

Magdalena lachte: „Artus war ein König in Britannien, der Berg, den du meinst, den wir im letzten Urlaub gesehen haben, heißt Athos."

„Ah ja, richtig, ich wusste, dass da mit dem Namen etwas nicht stimmte. Ich mag Männerstimmen viel lieber hören beim Singen."

„Und Mama?"

„Die auch, denn sie klingt nicht so wie diese Opernfrauen, wo man kein Wort versteht, wenn sie den Mund aufmachen, aber einem die Ohren piepsen, wenn sie erst mal loslegen."

Mittlerweile war das Häuschen der Korbians in Sicht und die beiden Mädchen sprangen auf die Schlitten und ließen sich die letzten Meter nach Hause ziehen.

Flugs war die nasse gegen trockene Kleidung getauscht und ein paar selbstgebackene Plätzchen eingepackt, so dass sie bald wieder losgehen konnten. Bei Schillers angekommen, sahen sie gerade noch, wie Stefan die Kellertreppe hinunter stieg.

„Was mach der da unten?", fragte Sina neugierig.

„Dort unten sind die Holzvorräte gestapelt und Stefan ist dafür zuständig, dass immer genug Holz neben dem Ofen liegt." Antwortete Magdalena.

„Na, da wollen wir doch mal ein bisschen mit anpacken", sagte Daniel und verschwand ebenfalls im Keller, von wo sie nach kurzer Zeit einen Schreckensruf hörten. „Typisch Papa, wie ein kleines Kind", lachte Carolin und die drei schauten auf die Kellertreppe, auf der nach kurzer Zeit zwei Gestalten – hochbeladen mit kleingehacktem Brennholz – auftauchten.

„He, ihr könnt die Hände ruhig aus den Hosentaschen nehmen, dort gib es auch für euch Holz zum Tragen" rief Daniel und ging zum Haus voraus.

„Hallo! Schön, dass ihr gekommen seid. Es gibt etwas ganz Leckeres zum Essen und Großmama hatte schon befürchtet, ihr könntet zu spät kommen. Das Holz, das wir beide da jetzt rein schleppen, reicht für eine ganze Woche, da müsst ihr nicht auch noch ..."

„Doch, wir sorgen für die zweite Woche", sagte Carolin und verschwand mit ihren Töchtern im Dunkel des Kellers.

Das Haus war erfüllt vom Geruch frisch angezündeten Feuers und dem Duft nach einem exotischen Braten, der im Backofen seinem Ende entgegensah. Frieda, mit einer großen Schürze angetan, begrüßte ihre Gäste fröhlich und scheuchte alle bis auf Stefan ins Wohnzimmer. „Stefan kennt sich hier am besten aus, der ist mein Küchenjunge", erklärte sie verschwörerisch und zog den großen Jungen wieder an ihren Arbeitsplatz.

Der Wohnzimmertisch war schon gedeckt und über ihm hing ein Adventskranz, bestückt mit vier roten Kerzen. Daniel sah sich um, packte eine Streichholzschachtel und zündete zwei Kerzen an. Dann nahmen die vier Platz und warteten. Jeder hatte irgendetwas im Raum entdeckt, das seine Aufmerksamkeit auf sich zog und war damit beschäftigt, es genauer zu betrachten.

Dann ging endlich die Küchentür auf und Frieda schob einen Servierwagen vor sich her.

Es begann ein munteres Klappern und Lachen und das Essen verging wie im Flug. Die Schüsseln waren bis auf den Boden leer gegessen und Frieda sagte zufrieden: „Euch hat es ja geschmeckt. Das sieht eine Köchin gern. Ich räume noch schnell die Küche ..."

Hier wurden heftige Proteste erhoben und am Ende standen alle sechs in der Küche und spülten, wischten, trockneten ab und freuten sich darüber, miteinander einen so schönen Sonntag verbringen zu können.

Nach der Aufräumaktion zogen sich die Jugendlichen in Stefans Zimmer zurück und spielten mit viel Spaß und schadenfrohem Gelächter Barrikade.

„Am nächsten Freitag ist mein letzter Schultag in diesem Jahr", erzählte Stefan und Sina bekam große Augen. „Wieso der letzte? Wir müssen bis zum 21. Dezember die Lehrer ertragen und dann sind zwei Wochen Ferien."

„Wir hatten im Sommer zwei Wochen weniger, weil wir auf einer Konzertreise waren. Das ist jetzt der Ausgleich. Da kann ich euch auch ein bisschen besser bei den Vorbereitungen für das Krippenspiel helfen. Es müssen ja noch einige Kulissen gebaut werden. Wir haben im Keller eine schöne Schreinerwerkstatt, das ist Friedas Hobby."

„Wir können jede vernünftige Hilfe gut gebrauchen" erwiderte Magdalena und fühlte, dass es ein schöner Gedanke war, wenn Stefan bald längere Zeit im Dorf sein würde.

Montag, 10. Dezember

Als Magdalena und Sina am nächsten Morgen in die Küche kamen, lag dort ein großer Zettel mit Mamas schöner Handschrift:

„Hallo ihr zwei! Das war ein schöner Tag gestern. Papa und ich müssen heute leider wieder etwas fürs Brötchenverdienen tun, aber wir sind beide gegen sechs Uhr zurück. Ich mach uns dann eine Pizza. Ich habe heute Nacht noch einen schönen Text gefunden, der für die vor uns liegende Zeit passt:

Trau dich

Wenn du Lieder komponieren und singen willst

trau dich

Wenn du Fragen und keine Antworten hast

trau dich

Wenn du das Stille keimen hörst

trau dich

Wenn dein Herz dir sagt, gib

trau dich

Denn

wir gehören zusammen

denn wir lieben unsere Verantwortung füreinander

und

wir packen jetzt unsere Geschenke ein

die für ein Leben lang halten werden

Dienstag, 11. Dezember

In der Schule hatte Magdalena an diesem Morgen beschlossen, dass es nicht ausreichte, sich mit der Gruppe nur am Wochenende zu treffen. Der Heilige Abend würde schneller kommen als sie schauen konnten. Es waren eine Vielzahl von Dingen vorzubereiten, die für den guten Ablauf des Krippenspiels notwendig waren. Nach der Schule rief sie Pater Andreas an und fragte, ob es auch möglich sei, dass sie sich mit der Gruppe am Donnerstag im Pfarrhaus treffen könnte. Andreas hatte nichts dagegen und so konnte Magdalena mit Hilfe ihrer Freundinnen alle so verständigen, dass sie am Donnerstagnachmittag zusammen kamen.

Als Magdalena an diesem Tag vom Nachmittagsunterricht nach Hause kam, saß auf der Türmatte ein völlig verzottelter junger Hund. Er hatte sich an die Tür geschmiegt und zitterte am ganzen Leib. Magdalena war ganz erschrocken, als sie ihn sah und fühlte sich an alte Weihnachtsgeschichten erinnert, in denen irgendwelche Tiere endlich wieder ein Zuhause gefunden hatten. Dieser Hund schien in Not zu sein. Er hatte den Kopf auf die Pfoten gelegt, hob ihn nur kurz, als Magdalena das Gartentor öffnete und wedelte einmal mit dem Schwanz.

Magdalena hockte sich vor den Hund hin und glaubte, dass es vielleicht ein Labrador sein müsste, der hier Schutz suchte.

Sie streckte ihm die Hand entgegen und das braune Wollknäuel leckte sie ausführlich.

„Na, du, wo kommst du denn her? Ich habe dich hier noch nie gesehen?" Wieder wedelte der Schwanz kurz hin und her, aber ansonsten rührte er sich nicht von der Stelle.

„Komm mit rein, noch ist keiner zu Hause, da kann ich dir was zu Fressen geben und wir sehen dann weiter."

Sie schloss die Tür auf und erwartete, dass der fremde Hund sofort ins Haus stürzen würde. Dieser blieb jedoch ohne Bewegung auf der Matte liegen. „Komm, Hund, da drinnen ist es warm und ich finde bestimmt etwas für dich zum Fressen."

Fast ungläubig, so schien es, hob der Hund den Kopf, schaute durch die Haustür und erhob sich dann zitternd. Mit „schweren Schritten" ging er ins Haus und wartete, bis Magdalena die Tür geschlossen hatte. Magdalena legte ihre rechte Hand auf seinen Kopf und redete beruhigend auf ihn ein. Das Fell des Tieres war ganz weich und zitterte bei jeder Berührung. Endlich legte sich der Labrador auf ein Handtuch, das das Mädchen ihm hingelegt hatte. „Warte hier, ich suche etwas zum Fressen für dich." Magdalena ging in die Speisekammer, fand aber nichts, was für einen Hund geeignet gewesen wäre. Sie ging zurück zu ihm, legte ihm noch einmal die Hand auf den Kopf und streichelte ihn. „Ich gehe schnell etwas für dich besorgen. Bleib hier liegen, ich bin gleich wieder da."

Sie zog ihn am rechten Ohr und verließ das Haus. Mit schnellen Schritten ging sie zum Lebensmittelladen.

„Hallo Magdalena, deine Schwester war heute Mittag schon einkaufen. Hat sie etwas vergessen?" wurde sie von der Verkäuferin angesprochen.

„Frau Deimer, Sie haben doch einen Hund zu Hause, was frisst der für gewöhnlich?"

„Der bekommt ein Trockenfutter, das alle wichtigen Stoffe enthält. Wir haben es hier im Laden. Seit wann habt ihr denn einen Hund?"

„Seit einer halben Stunde. Er ist uns zugelaufen und ich weiß noch nicht, was ich mit ihm anfangen soll."

„Ich fülle dir hier etwas in die große Tasche. Wenn er es mag, ist es gut, wenn nicht, hast du ein Problem, das wir aber auch irgendwie lösen können."

Magdalena suchte in ihrem Geldbeutel nach einem Schein und reichte ihn der Verkäuferin.

„Lass das mal, ich schenke dir das. Dort hinten steht noch ein Sack, den wir nicht verkaufen dürfen, weil er während des Transports aufgegangen ist. Er ist einwandfrei. Und wenn dein Hund das Futter mag, kannst du den ganzen Sack mitnehmen. Der reicht ungefähr einen Monat."

Magdalena bedankte sich überschwänglich und trug ihre Tasche nach Hause. Der Labrador lag an der gleichen Stelle, an der sie ihn verlassen hatte. Sie suchte einen Napf, der von früheren Katzen übrig geblieben war und schüttete einen Teil des Futters hinein. Der Hund schnupperte nicht einmal daran, sondern begann sofort zu fressen, wobei sein Schwanz hin- und herwedelte. Er fraß die ganze Schüssel leer, legte sich wieder auf das Handtuch und war gleich darauf eingeschlafen.

Magdalena setzte sich zu ihm, kraulte ihm die Ohren und dachte an ihr letztes Gespräch mit Pater Andreas. „Jeder braucht eine Heimat – auch ein Mönch wie ich oder so wie Terry, der in der Familie von Sebastian gelandet ist.."

Der Hund, er war sicher noch kein Jahr alt, hatte sich völlig entspannt. Der schöne Kopf lag auf dem rechten Vorderlauf und seine Atemzüge gingen ruhig und regelmäßig.

Gegen sechs Uhr kam der Rest der Familie nach Hause. Daniel warf einen Blick auf den Hund und dann auf seine Tochter, dachte kurz nach und nickte dann. Carolin zog die Augenbrauen hoch, betrachtete dann das schöne Tier und nickte seufzend. Sina meinte: „Oh cool, endlich jemand in der Familie, der macht, was ich sage", womit sie sich sehr täuschen sollte. Es war also beschlossene Sache, den Hund zu behalten. Daniel redete freundlich auf ihn ein und betrachtete die Ohren. „Er hat noch keinen TASO-Marker. Den hat jemand einfach ausgesetzt.

Ich denke, wir können ihn ohne Probleme behalten. Wie heißt er?"

„Ist er männlich oder weiblich, Papa?"

„Hm, er ist eine sie, wenn ich das richtig beurteile. Immerhin bin ich Biologe, das sollte ich eigentlich noch erkennen."

„Dann nennen wir sie Astra, das heißt doch Stern und passt super genau in diese Jahreszeit."

So war es entschieden. Der Hund blieb bei der Familie Korbian und hieß ab sofort Astra.

Mittwoch, 12. Dezember

Hallo Stefan,

heute ist sozusagen Halbzeit bis Weihnachten und ich habe das Gefühl, wenn nicht bald Ferien sind, kriegen wir das mit dem Krippenspiel nicht hin. Es gibt Gerüchte, dass wir wegen des vielen Schnees und der Schwierigkeiten auf den Straßen doch schon eine Woche früher frei bekommen würden. Aber, das sind nur Gerüchte, von denen ich ausnahmsweise mal hoffe, dass sie stimmen.

Etwas Neues ist bei uns passiert. Als ich gestern nach Hause kam, saß auf der Türmatte ein völlig erschöpfter junger Hund. Sie, denn sie ist eine Labradorhündin, heißt Astra und bleibt bei uns. Papa geht mit ihr heute Abend zum Tierarzt und lässt sie untersuchen. Der Arzt hat angeblich auch eine Möglichkeit rauszukriegen, ob sie irgendjemand gehört. Wir alle hoffen, dass nicht, sogar Mama, ich war ganz platt, als sich Astra gestern Abend ausgerechnet auf ihre Füße am Sofa legte und dort einschlummerte. Mama konnte einen gewissen Stolz nicht verheimlichen und wir haben sie natürlich ein bisschen damit aufgezogen, dass sie jetzt ihren Gesang ein wenig reduzieren muss, da sie ja zu Hause eine neue Verantwortung hat. Papa meinte dann nur noch, dass ein Tier sehr genau spüre, auf wen es sich am besten verlassen könnte. Dabei warf er Sina und mir einen seltsamen Blick zu. Aber Papa kann nicht wirklich ernst bleiben. Die äußeren Augenwinkel verraten immer, wenn er innen drin ganz glücklich ist. Dann lachen die!

Es geht uns gut mit der neuen Mitbewohnerin. Wir müssen jetzt zwar ein paar Regeln aufstellen, wer morgens mit ihr an die frische Luft geht und so weiter. Einen Schlafkorb hat sie auch schon. Den hatte Pater Andreas in seinem Keller, er wusste selbst nicht, wie er dahin gekommen war. Morgen Mittag treffe ich mich mit unseren Krippenspielern. Ich hatte das Gefühl, dass es nicht ausreicht, wenn wir uns nur am Wochenende sehen. Für die Kulissen habe ich noch gar keinen Plan, hast du da vielleicht noch ein paar Ideen?

Ich hoffe, dir geht es gut in der Schule. Ich stelle mir das komisch vor, Tag und Nacht in der Schule zu leben und nur am Wochenende nach Hause zu fahren. Auch wenn Frieda ganz arg nett ist, tut es mir ehrlich leid, dass du keine Eltern mehr hast.

Ich wünsche dir eine schöne Zeit und freue mich auf Freitag, wenn du wieder in St. Quendolin bist

Magdalena

Donnerstag, 13. Dezember

Die Schneefälle der letzten Tage waren so heftig gewesen, dass man nicht einmal mehr einen Hund vor die Tür schickte. Die Schulbehörde hatte – unter dem Jubel der ihr anvertrauten Schüler – den Donnerstag zum letzten Schultag dieses Jahres erklärt und so herrschte schon um zwei Uhr nachmittags ein reges Treiben im Hof des Pfarrhauses. Die Gruppen waren diesmal schon alle angekommen und Magdalena wusste nicht so Recht, wie sie diese Menge bändigen sollte. Zum Glück hatten sich aber auch ein paar Eltern eingefunden, die für die nötige Ordnung sorgten. Es war einfach schwierig etwas anderes in der Freizeit zu machen, so konzentrierte sich das gesamte Dorf auf das bevorstehende Weihnachtsfest und viele boten ihre Mithilfe an. Die Kinder wurden noch einmal auf den Gehsteig hinausgescheucht und einige Väter räumten den Pfarrhof vom Schnee frei. Die Stimmung war ausgelassen. Sinas und Magdalenas Mutter war auch gekommen. Sie wollte sehen, ob sie mit den Kleinen einen Kinderchor zustande bringen könnte.

Astra hatten sie – zu ihrem Bedauern – zu Hause gelassen, aber Magdalena sagte sich, dass das ungestüme Tier nur Unordnung in die Bande bringen würde. Daniel würde ja um vier heimkommen und dann hatte sie wieder Gesellschaft.

Eine Viertelstunde später waren alle im Keller versammelt. Magdalena teilte die Gruppe in die „Großen" und in die „Kleinen". Mit den Großen wollte sie die Kulissen besprechen und Carolin schnappte sich die kleinen Wildlinge und ging in einen kleineren Raum des Kellers, in dem auch ein E-Piano stand, um dort ein paar Lieder mit ihnen einzustudieren.

Genoveva, Bernie und Lissie übernahmen den Kulissenbau. „Wie viel Geld dürfen wir denn ausgeben, Magdalena?"

„Gar keins! Wenn ihr Sperrholzplatten braucht, dann geht ihr zum Schreiner Wagner. Er hat gesagt, er stelle uns seine Reste zur Verfügung. Am Samstagmorgen können wir auch seine Werkstatt benutzen und er hilft beim Sägen. Rauhfasertapeten habe ich schon beim Innenausstatter in der Auestraße organisiert. Die müssen nur noch abgeholt und in die Schreinerei gebracht werden. Herr Leitner hat auch zehn Packungen Leim versprochen. Farben liefert Herr Sämmler von der Drogerie an der Hauptstraße, sobald wir sie brauchen. Ähm, hab ich noch was vergessen?"

„Die Verpflegung!" fragte Toni, der immer so aussah, als könne er etwas zwischen die Rippen gebrauchen.

„Verpflegung? Das müssen wir mal sehen. Daran hatte ich gar nicht gedacht." Magdalena schaute hilfesuchend zu Pater Andreas. Der grinste nur und meinte: „Frau Tischmann, Frau Görlitz, Herr Steinmetz und Herr Pfarr haben gesagt, wenn wir rechtzeitig anrufen, können wir jederzeit in die beiden Gasthäuser kommen und dann gibt es etwas zum Essen. Sie spendieren das, alles okay, Toni?"

Toni nickte und überlegte schon, ob er die Speisekarte besorgen sollte. Andreas sah ihm diese wichtige Frage an und meinte: „Es gibt immer nur zwei Gerichte zur Auswahl. Heute Abend sind es Wiener Schnitzel und Pommes oder Nudeln mit einer Hackfleischsoße. Ich habe hier eine Strichliste. Und vergesst die Kleinen nicht."

Während die „Baugruppe" Pläne zeichnete und über die ersten Entwürfe stritt, ging Magdalena mit den anderen in eine stille Ecke und besprach mit ihnen die einzelnen Personen des Spiels. Sie gingen gemeinsam den Text durch, veränderten noch das Eine oder Andere und fügten auch noch einige Passagen ein, von denen sie meinten, sie würden dem ganzen Spiel ein bisschen den schweren Ernst nehmen.

„Magdalena, wie machen wir das mit dem geklauten Weihnachtsbaum. Das wird gar nicht so einfach, den zu bewegen?" erkundigte sich Franzi.

„Es gibt Rollbretter, die man unter schwere Blumentöpfe stellt. So einen haben wir noch im Keller, den bringe ich das nächste Mal mit. Wenn wir da ein Loch reinbohren und so eine Art Stachel durchstecken, können wir den Baum da reinspießen und es müsste für den Transport bis zur U-Bahn halten."

„Sollten wir die Kulissenwände nicht auch auf Rollen stellen?", warf Paul ein.

„Das ist eine gute Idee. Ich glaube, die werden extrem schwer. Danke, Paul." Magdalena nickte zufrieden. Jeder dachte an der richtigen Stelle mit. „Okay, jetzt haben wir das Grobe erst einmal erledigt. Am Samstag ist die erste Probe mit den Schauspielern. Viel zu lernen gibt es ja nicht, aber es wäre gut, wenn ihr alle rechtzeitig damit anfangen würdet."

„Wer macht den Erzähler?"

„Ich dachte an Pater Andreas" antwortete Magdalena.

„Auf keinen Fall, ich habe genug um die Ohren. Das kannst du doch machen, Magdalena."

Magdalena überlegte kurz und nickte dann zustimmend.

Die Zeit war wie im Flug vergangen. Aus dem Nebenzimmer waren schon beachtliche Ergebnisse von Carolins Bemühungen zu hören, aber es wurde auch langsam unruhig unter den Kindern.

„Ich schlage vor, wir gehen jetzt zum Essen. Die Nudelleute gehen in die ‚Eiche' und die Schnitzelleute in den ‚Gasthof zum wilden Esel'." Pater Andreas beendete mit dieser Ankündigung den Nachmittag, und die Kinder strömten nach oben, um sich anzuziehen. Magdalena sprach noch kurz mit der „Baugruppe" und sagte zu Genoveva: „Wenn du den Doktor spielst, ist dir das nicht zu viel mit den Basteleien?"

„Nein, das geht schon. Mein Bruder René unterstützt uns noch. Er kann aber zu diesen Treffen nicht kommen, weil er sich aufs Abi vorbereiten muss.‟

Es war ein geschickter Schachzug von Andreas gewesen, die Gruppe nach den Essenswünschen zu teilen. So kehrte nach und nach ein wenig Ruhe ein und die Kinder und Jugendlichen waren beim Essen so still wie Kirchenmäuse.

Freitag, 14. Dezember

Hallo Magdalena,

das ist ja witzig, dass ihr jetzt einen Hund zu Hause habt. Das hätte mir auch gefallen, aber im Internat geht so etwas leider nicht und Frieda ist so beschäftigt mit anderen Dingen, dass sie den Hund sicher bald vergessen würde.

In den Nachrichten habe ich gehört, dass ihr heute schon schulfrei habt. Herzlichen Glückwunsch. Ich fahre heute Abend hier weg. Meine Koffer stehen schon gepackt im Gepäckraum und werden abgeholt und heute Nachmittag gibt es noch eine kleine Weihnachtsfeier für alle.

Ich fand es total schön, dass du mir einen Brief geschrieben hast. Ich hatte gar nicht damit gerechnet. Ich habe ein schönes Gefühl, wenn ich an mein Zuhause denke und auch und vor allem, wenn ich an dich denke. Es ist komisch, aber du bist mir gar nicht fremd und ich kann mir auf der anderen Seite auch nicht vorstellen, dass du erst fünfzehn bist. Ich habe noch nie ein so vernünftiges Mädchen kennen gelernt. Die anderen hier in der Schule reden über Mädchen, als wären sie auf den Kopf gefallen, aber jeder einzelne von ihnen wünscht sich eine Freundin, da wette ich was drum.

Unser Deutschlehrer hat uns heute ein Gedicht mitgebracht. Es hat nicht ausdrücklich etwas mit Weihnachten zu tun. Ich lege es dir hier mit in den Brief, weil es mir gut gefallen hat.

Ich hoffe

Ich hoffe

dass Sterne immer weiter entstehen

dass Fragen weiterhin da sind

dass Erfahrungen uns weiter bringen

dass Lieder der Freiheit der Gedanken verhelfen

Ich hoffe

denn ohne dieses Hoffen

wäre mein Leben wie Schall und Rauch

wäre die Morgenröte nur eine physikalische Erscheinung

wäre die Liebe nur eine tönende Glocke

wäre Freiheit nur für schon Freie

wäre Zärtlichkeit nur Zweck

Ich hoffe

denn das Kind in mir und dir

liebt das Leben

die Geburt

das Suchen und Finden

das Aufstehen und Gehen

und

den Schatz, den jeder und jede einzelne von uns

in sich trägt.

Liebe Grüße und bis morgen

Stefan

Samstag, 15. Dezember

Am Freitagabend hatten Magdalena und Stefan noch miteinander telefoniert, dass sie am nächsten Morgen zusammen mit dem Hund spazieren gehen würden. Magdalena beeilte sich mit ihren Pflichten zu Hause und war um zehn Uhr startklar. Pünktlich klingelte Stefan an der Haustür und Astra rannte neugierig dorthin. Sie beschnüffelte den Fremden ausführlich, wedelte mit dem Schwanz und legte sich auf Stefans Füße.

„Hallo, die ist aber zutraulich! Bist du fertig, Magdalena?"

„Ja, ich komme gleich." Magdalena stürmte die Treppe herunter, umarmte Stefan kurz und schlüpfte in ihre Stiefel. „Ich bin gerade mit meinen Hausarbeiten fertig geworden. Die anderen sind alle irgendwo unterwegs und Astra schleicht schon den ganzen Morgen um mich herum, wann es denn endlich an die frische Luft geht. Schneit es noch?"

„Im Moment nicht, aber es sind überall dicke Wolken zu sehen."

Magdalena legte Astra das Halsband um und klinkte den Karabinerhaken der Leine ein. „So, jetzt geht es los, Astra."

Sie öffnete die Tür und der Hund schob sich durch den Türspalt.

„Wir gehen in Richtung des Steinbruchs. Dort hat Astra genug Raum, herumzuspringen. Warst du dort schon einmal, Stefan?"

„Ja, früher. Das ist ein toller Ort zum Versteckspielen."

Magdalena hatte ihre Mütze tief in die Stirn gezogen und stapfte neben Stefan durch den frisch gefallenen Schnee, während der Labrador, die Nase auf dem Boden, vor ihnen her lief. Sie nahmen den kürzesten Weg aus dem Dorf und waren bald auf freiem Feld.

„Wir hatten gestern eine ganz schöne Weihnachtsfeier. Es waren viele Eltern da, die ihre Söhne abholten und Bernds Vater hat mich sogar noch zum Bahnhof gefahren."

„Macht dir das nichts aus, wenn alle anderen von ihren Eltern abgeholt werden, du aber nicht?"

„Nein, das ist schon in Ordnung. Ich habe nicht das Gefühl, dass ich allein bin, und so bin ich auch ganz selten traurig."

„Schau mal Stefan, da ist ein Schlitten vor uns hergefahren. Es ist aber weit und breit niemand zu sehen. Wir sollten auf der Hut sein, wegen umherfliegender Schneebälle."

Astra hatte interessiert die Spur beschnuppert und war ihr dann gefolgt. Sie führte durch den Wald und verschwand urplötzlich. Vor sich hatten sie nur noch ein Gewirr von Schnee, der in einer kleinen Mulde zusammengeweht war. Astra stellte ihre Rute senkrecht und platzierte sich vor die beiden Jugendlichen. Sie knurrte leise und hob die Ohren. Es war aber nichts zu hören. „Astra, weiter, wir wollen hier nicht festfrieren!" rief Magdalena. Aber die Hündin bewegte sich nicht vom Fleck.

„Hier stimmt etwas nicht", meinte Stefan und sah sich suchend um. „Der Schlitten kann doch nicht einfach verschwinden, wie vom Erdboden verschluckt? Und Astras Verhalten ..." Stefan stockte. „Hast du das gehört?"

„Nein, was denn?"

„Ein Wimmern oder ein Ruf, ganz dumpf und leise."

Astra drehte sich zu der Mulde und begann zu scharren.

„Lass das, Astra", warnte Stefan und zog den Hund zurück. „Ich fürchte, hier ist jemand in einen alten Stollen eingebrochen. Vielleicht stehen wir mitten drauf und drücken noch mehr Schnee nach unten."

Magdalena beruhigte Astra und sah sich die Mulde genauer an. „Hier gehen die Kufenspuren rein und drüben nicht mehr raus. Da ist bestimmt jemand eingesackt. Wir müssen ihn rausbuddeln!"

„Das können wir nicht. Vielleicht verschütten wir ihn noch mehr. Einer von uns muss ins Dorf und Hilfe holen. Das mache ich. Versuche du mal, ob dich jemand hören kann, wenn du rufst."

Stefan drehte sich um und rannte mit großen Schritten ins Dorf zurück.

„Hallo, ist da jemand? Hier ist Magdalena aus St. Quendolin. Hörst du mich?"

Wieder war ein dumpfer Laut zu hören. Magdalena dachte sich, sie müsse immer weiter reden, um den oder die Verschütteten zu beruhigen und rief: „Mein Freund holt Hilfe. Es ist bestimmt am besten, ihr bewegt euch nicht, auch wenn euch kalt wird. Ihr holt nur noch mehr Schnee nach unten. Wie viele seid ihr denn?"

Sie hörte jetzt zwei Stimmen, ohne sie jedoch erkennen zu können.

Eine Viertelstunde später vernahm sie hinter sich eilige Schritte, allen voran Stefan und Pater Andreas, beide mit großen Schaufeln ausgerüstet. Dahinter kamen noch einige Männer, die Bohlenbretter, Seile und weitere Schaufeln trugen.

Pater Andreas übernahm das Kommando. „Legt hier am Rand und rechts und links die Bretter hin, so dass nicht noch mehr Schnee nach unten gedrückt wird. Dann haben wir auch sicheren Halt. Magdalena, schick Astra in die Mulde, die findet bestimmt genau die richtige Stelle zum Graben."

Magdalena löste die Leine und schickte den jungen Hund los. Eifrig mit dem Schwanz wedelnd, sprang sie über die Bretter und blieb sofort stehen. Der Schnee hatte sich wieder bewegt.

Sie steckte den Kopf in die weiße Masse, schüttelte sich dann und begann mit den Vorderpfoten zu graben.

„Sehr schön Astra", lobte der Pater den Hund und bat Magdalena, ihn zurückzurufen. Dann machten sich die Männer ans Werk.

„Ihr müsst von den Brettern aus graben. Wenn ihr euch da reinstellt, brecht ihr vielleicht mit ein und verletzt noch jemanden dort unten", rief Josef Schöller, dem die Bäckerei des Dorfes gehörte. Bald mussten sich die Männer auf die Bretter legen und schaufelten aus dieser unbequemen Haltung den Schnee zur Seite. Dann gab es plötzlich ein Geräusch wie von einem Sog, der Schnee rutschte nach unten und gab den Blick frei auf einen felsigen Untergrund.

„Hallo, wer ist denn dort unten?" rief Andreas mit seiner mächtigen Stimme.

„Ich bin Toni mit meiner Schwester Britta. Wir wollten nur Schlittenfahren gehen", hörten sie eine weinerliche Stimme.

„Seid ihr verletzt?"

„Nein, aber wir kommen hier nicht raus. Es sind bestimmt drei Meter bis dorthin, wo der Schnee anfängt."

„Es kommt jetzt jemand zu euch hinunter, verdrückt euch an die Seite, falls noch mehr Schnee nachrutscht."

Andreas sah sich kurz in der Runde um: „Stefan, du machst das. Du bist der Leichteste von uns allen." Stefan nickte und robbte zum Rand der Mulde.

„Nein, nicht so!" Andreas schlang ihm ein Seil unter den Armen durch und vier Männer packten mit an. Stefan ließ seine Beine in das Loch baumeln und wurde langsam nach unten gelassen. Bald hörten sie die Freudenschreie der Kinder. Das Seil gab nach. „Ich bin unten. Den Kindern fehlt nichts. Lasst mir ein Seil für Britta runter." Zwei weitere Männer zogen dann zuerst das Mädchen, dann Toni, dann den Schlitten und schließlich wieder Stefan an die Erdoberfläche. Toni wollte sich am liebsten verstecken vor Scham, aber Pater Andreas nahm ihn einfach in die Arme und der Junge begann heftig zu weinen.

„Ist alles gut, Toni. Wir haben hier einen heißen Tee und ein paar Lebkuchen. Die esst ihr jetzt erst einmal und dann bringen wir euch nach Hause." Das vierjährige Mädchen hatte sich an Magdalena geklammert und zitterte am ganzen Leib. Astra drängte sich zu ihr hin und wärmte sie ein bisschen.

„Astra, du Gute, das reicht leider nicht. Die Kleine ist ziemlich unterkühlt. Dort hinten kommen noch ein paar Frauen. Die bringen Decken mit."

So war es auch. Magdalena war froh, dass Tonis Eltern nicht dabei waren. Tonis Vater war als sehr streng bekannt, und es reichte völlig, wenn sich der Junge heute Abend eine Strafpredigt anhören musste.

„Magdalena, die Probe heute Mittag lassen wir ausfallen und treffen uns morgen im Pfarrhaus. Einverstanden?"

„Ja, das müssen wir erst einmal verdauen", stimmte Stefan zu und Magdalena gab den beiden Recht. „Ich hänge ein Plakat an die Haustür, da musst du dich nicht drum kümmern. Und jetzt geht es ab nach Hause."

Die Männer sicherten die Einsturzstelle und dann machten sich alle auf den Weg, froh, dass dieses „Abenteuer" so glimpflich ausgegangen war.

Sonntag, 16. Dezember

In der vergangenen Woche war die jugendliche Dorfbevölkerung sehr aktiv gewesen. Am Samstagmorgen hatte sich eine Gruppe beim Schreiner eingefunden und es war gesägt und gefeilt worden, so dass beim nächsten Treffen alle Requisiten fertig sein konnten. Der Unfall von Toni und Britta war ein Schock gewesen, und wenn man sich die Folgen ausmalte, die hätten entstehen können, wenn Magdalena und Stefan die Kinder nicht zufällig gefunden hätten ..., darüber wollten alle lieber nicht nachdenken. Toni hatte Bammel vor der Begegnung mit seinem Vater, doch der war heilfroh, dass die Kinder mit dem Schrecken davon gekommen waren. Pünktlich um zwei Uhr nachmittags fanden sich alle im Pfarrhaus ein. Toni hatte einen riesigen Korb dabei, den er mit geheimnisvoller Miene in eine Ecke stellte und allen untersagte, unter das Tuch zu schauen.

Magdalena probte mit den Größeren die ersten Szenen und es wurde viel gelacht. Die Namen, die den Figuren gegeben worden waren, sorgten immer wieder dafür, dass das Spiel in einer Komödie endete. Magdalena machte die Arbeit viel Spaß und Sina, Genoveva und Stefan unterstützten sie nach Kräften.

Um sechs Uhr waren alle müde und Magdalena beendete das Treffen. „Bis Weihnachten sind es jetzt nur noch acht Tage. Wenn wir uns jeden zweiten Tag hier treffen, sind wir auf das

Spiel bestens vorbereitet. Kommt bitte alle am Dienstag hierher. Die Requisiten, Kostüme und so weiter, die bis dahin fertig sind – bitte mitbringen." Magdalena schickte die Kinder heim, denn der Tag war anstrengend genug gewesen.

Toni ging als Letzter. „Ähm, ich will mich noch bei euch bedanken. Wenn ihr da nicht lang gegangen wärt, dann – keine Ahnung. Wir haben einen Korb für euch gepackt. Ja, der steht dort drüben. Ähm, also danke und tschüß bis Dienstag." Froh, seine Aufgabe erledigt zu haben, stieg der Junge die Treppe hinauf und verschwand.

Magdalena und Stefan sahen sich den Korb an. Obenauf, in dickes Papier gewickelt, lag ein großer Rinderknochen. „Der ist bestimmt für Astra", lachte Magdalena, „oder für dich, Stefan?"

Der Korb war voller weihnachtlicher Köstlichkeiten: Apfelsinen, Selbstgebackenes, Schokolade und Lebkuchen, zwei Flaschen Punsch und ganz unten hatte Tonis Mutter noch einen riesigen Schwarzwälder Schinken versteckt.

„Wow, das sind ja tolle Sachen. Am besten ist es, Stefan, du und Frieda kommt an Heilig Abend einfach zu uns. Das soll ich euch nämlich von Mama sagen. Dann können wir uns über den Korb hermachen. Der Knochen wird nicht so lange aufgehoben."

Stefan half Magdalena, den schweren Korb nach Hause zu tragen. „Ich muss jetzt noch ein bisschen Orgel spielen. Heute

Abend fahren Großmutter und ich noch nach Heidelberg. Sie hat da eine Cousine, die allein lebt. Großmutter möchte, dass ich ihr ein paar Weihnachtslieder am Klavier vorspiele. Wie ich die beiden aber kenne, wird nur über die alten Zeiten gesprochen ..."

„"Wir fahren nach Mannheim. Papas Eltern sind zu Besuch bei seiner Schwester. Sie fliegen am Sonntag wieder nach Kanada zurück, deshalb wollen wir uns alle noch einmal treffen."

„Dann sind wir ja beschäftigt. Ich komme morgen Mittag mal vorbei, ok?"

„Ja, schön, wir können noch einmal einen Spaziergang ausprobieren mit Astra?"

Montag, 17. Dezember

Genoveva bewies bei der Schreinerarbeit großes Geschick. Schreiner Wagner gestattete ihr, jeden Tag zu kommen. Die Hauptarbeit des Jahres war erledigt, so dass ihre Anwesenheit niemanden störte. Sie lernte den Umgang mit einer Stichsäge, wusste bald, wie man Löcher in Holzplatten schneidet und das Holz so stabilisiert, dass es beim Aufstellen nicht auseinander bricht. Dann passierte etwas, das die Arbeit einer ganzen Woche zunichte machte.

Bertold, einer der Gesellen von Schreiner Wagner, war sehr lange Zeit krank gewesen und kam heute zum ersten Mal nach drei Wochen wieder in die Werkstatt. Morgens ging er mit dem Chef auf eine Baustelle, um einige Türen zu setzen, nachmittags war er dann allein in der Werkstatt. Genoveva hatte um drei Uhr Schluss gemacht. Das Mädchen hatte eine U-Bahn-Kulisse gefertigt, die aus vielen Einzelteilen bestand und war dann gegangen. Bertold fand, dass die Werkstatt aufgeräumt werden musste. Er konnte mit den Holzteilen nichts anfangen. Bertold wusste nichts von den Vorbereitungen für den Weihnachtsabend und „räumte" die Einzelteile zusammen. Mit Hilfe der Kreissäge machte er daraus ofengroße Stücke, lud sie in sein Auto und fuhr sie nach Hause, um sie dort als Brennmaterial zu verwenden. Als der Meister abends noch einmal die Werkstatt besuchte, wunderte er sich über den Verbleib der Arbeiten des talentierten Mädchens, sagte sich aber, dass die Kulissen vielleicht schon gebraucht wurden und schloss seine Werkstatt ab.

Dienstag, 18. Dezember

Um zehn Uhr klingelte bei Magdalena das Telefon. Sie nahm ab:

„Magdalena Korbian"

Eine schluchzende Mädchenstimme meldete sich: „Hier ist Genoveva!"

„Hi, Genoveva, was ist denn los?"

„Alle Kulissen, die wir schon fertig hatten, sind weg."

„Weg? Die hat doch sicher nur jemand auf die Seite gestellt."

„Nein, Bertold, dieser ..., der hat gestern hier aufgeräumt. Der hat das für Abfall gehalten und alles kleingesägt. Jetzt liegt es in seinem Schuppen als Brennholz." Genoveva wurde hysterisch. „Das war alles für die Katz. Ich hab keine Lust mehr. Der hätte doch mal fragen können!"

„Wo bist du jetzt?"

„Beim Schreinermeister Wagner. Der ist völlig außer Rand und Band. Ich hab ihn noch nie mit jemandem so schimpfen hören."

„Ich komme rüber zu euch." Bevor Genoveva noch etwas erwidern konnte, legte sie auf, zog sich winterfest an und leinte

Astra an. Diese freute sich wie ein Schneekönig, denn das bedeutete: Spazieren gehen!

Den Hund an ihrer Seite verließ sie das Haus und eilte die Straße hinunter. Am Eingang der Werkstatt hörte sie die laute Stimme des Meisters: „Mann, Gott, du bist doch sonst nicht auf den Kopf gefallen ...“

Sie wollte nicht mehr hören und suchte nach ihrer Freundin. Diese saß zusammengesunken auf einer Werkbank und schnäuzte sich in ein Taschentuch. Magdalena trat zu ihr und Astra berührte mit ihrem Kopf das Knie des Mädchens. Genoveva musste über die „Geste“ der Hündin lachen und legte ihre Hand auf ihren Kopf.

„Vielleicht können wir noch was retten, Genoveva!“ meinte Magdalena hoffnungsvoll.

„Leider nicht“, mischte sich der Meister ein. „Bertold hat gründliche Arbeit geleistet, so wie ich es von ihm gewohnt bin. Ich mache euch einen Vorschlag: Bertold und Ronald helfen euch, die Kulissen und so weiter neu zu bauen. Das sollten sie hinkriegen bis Freitag. Wenn nicht, muss Bertold auch am Samstag arbeiten. Da kenn ich jetzt nichts. Jetzt die Flinte ins Korn zu werfen, würde das ganze Projekt beenden. Also – einverstanden? Und – ob du es glaubst oder nicht, Genoveva, von Bertold kannst du auch etwas lernen.“

Das Mädchen schniefte noch ein Weilchen und kämpfte mit ihrem Stolz. „Na gut, dann machen wir dass alles noch einmal. Haben Sie noch mehr Angestellte, die vielleicht in den nächsten Tagen hier unverhofft auftauchen und aufräumen wollen?"

Meister Wagner lachte: „Nee, im Moment sind alle in der Werkstatt. Und alle wissen Bescheid, jetzt auch Bertold."

Die für den Nachmittag angesetzte Probe fand ohne die Großen statt, da diese mit aller Energie an der Fertigstellung der Kulissen arbeiten wollten. Magdalena übte die Dialoge mit den Kindern, die den Weihnachtsbaum stehlen würden und freute sich über die Flexibilität aller. Es wurde viel improvisiert, und Magdalena ahnte, dass am Heiligen Abend nichts schief gehen würde, denn die Schauspieler wussten sich bei Gedächtnislücken zu helfen, was zu manchem Gelächter führte.

Stefan hatte wieder seine Gitarre dabei und animierte die Gruppe zum Singen. Ihr Hit blieb nach wie vor „Oh happy day". Magdalena spürte, wie die Anspannungen nachließen. Sie hatte die Erfahrung gemacht, dass nicht alles an ihr hing und Stefans Einsatz für die Gruppe gab dem Ganzen auch eine festliche Stimmung.

Mittwoch, 19. Dezember

Pater Andreas hatte Magdalena gebeten, am Vormittag bei ihm vorbeizuschauen. Bevor sie sich auf den Weg zum Pfarrhaus machte, besuchte sie die Schreinerei, in der eifrig gearbeitet wurde. Die beiden Gesellen packten kräftig mit an und Bertold war die Peinlichkeit immer noch ins Gesicht geschrieben. Dennoch hatten er und Genoveva Frieden geschlossen. Er hatte gute Ideen, und so wurde manches noch geändert. Er meinte:

„Es wäre sinnvoll, bestimmte Teile der U-Bahn oder der Hausfronten so zu gestalten, dass ihr sie nächstes Jahr für eine andere Kulisse verwenden könnt." Und so wurde getüftelt, gemessen und mit großer Sorgfalt gearbeitet. Genoveva und Die vier Jungen, die ihr halfen, waren in ihrem Element.

Magdalena war begeistert von den Fortschritten, die hier gemacht wurden: „Kriegt ihr das vielleicht bis Freitag fertig?" fragte sie Bertold.

„Klar, ist ‚ne Kleinigkeit für uns!" antwortete Bertold, „Beim zweiten Mal geht alles viel schneller." Er warf Genoveva einen schnellen Blick zu. Diese hatte jedoch gerade den Bandschleifer angeschaltet und schmirgelte die Sägekanten glatt.

„Ok, ich geh mal weiter. Bis Freitag dann. Helfen Sie uns noch, die gesamte Produktion am Freitagmorgen ins Pfarrhaus zu schaffen?"

„Ich habe schon den LKW reserviert. Am Montag komme ich auch vorbei und fahre die Sachen in die Kirche. Und am Donnerstag danach habe ich auch ein Stündchen Zeit, alles wieder wegzuschaffen."

„Aber nicht ins Sägewerk", lachte Magdalena und verließ mit Astra die muntere Gruppe.

Pater Andreas hatte den Schnapper der Haustür gelöst, so dass Magdalena ohne zu klingeln ins Pfarrhaus konnte. Sie hörte, dass er im oberen Büro telefonierte. Mit einem Fensterleder, das sie immer dabei hatte, trocknete sie Astras Fell und ihre Pfoten. Dann betrat sie die Küche und musste unwillkürlich lachen. Es sah so aus, als hätte sie hier nie aufgeräumt und geputzt. Magdalena schaltete den Wasserkocher ein und suchte im Schrank nach einem Kräutertee. Die Kanne stand mitten auf der Spüle, sozusagen zur dauernden Verwendung.

Nachdem sie den Tee aufgebrüht hatte, lauschte sie ins Treppenhaus. Von dort war nichts zu hören und sie rief nach Andreas.

„Komme gleich, muss nur ein paar Termine eintragen", war seine Antwort.

Fünf Minuten später stand er in der Küchentür und wurde von Astra schwanzwedelnd begrüßt.

„Hallo Magdalena, schön dass du da bist – und einen Tee hast du auch schon gekocht?"

Er holte zwei große Tassen aus dem Schrank und schob die Zeitungen beiseite. Dann stutzte er: „Hm, ich weiß, Magdalena, das sieht hier so aus, als hättest du nie aufgeräumt. Aber immer dann, wenn ich das hier mal anpacken will, klingelt das Telefon oder ich muss ein paar Kinder aus einem Stollen retten oder ich sehe es einfach nicht. Tut mir leid."

„"Ich versteh das schon, Andreas. Zu Hause sind wir zu viert und da guckt jeder, dass es ordentlich aussieht. Seitdem Astra da ist, hängen wir mit allem ein bisschen hinterher. Ich bin keine Putzfanatikerin. Aber, wenn du willst, kann ich mit Sina vor Weihnachten Hausputz machen."

„Das würdet ihr für mich tun? Ich komme vor dem Fest nicht dazu, hier Ordnung zu machen, und meine achtzigjährige Mutter hat ihren Besuch für den zweiten Feiertag angekündigt."

„Dann machen wir das am Montagmorgen!"

„An Heilig Abend?"

„Ja, da sind die Chancen relativ groß, dass am Mittwoch noch zu sehen ist, dass hier aufgeräumt wurde", lachte Magdalena frech.

Pater Andreas lachte mit und schenkte Tee ein. „Wie geht es denn voran in der Werkstatt?"

„Super, sie sind bis Freitag fertig und Bertold fährt alles hierher und dann am Montag in die Kirche und am Donnerstag wieder zurück in die Werkstatt."

„Na, uns konnte doch gar nichts Besseres passieren, als dass er Brennholz aus den Kulissen gemacht hat. So einen Helfer kann man immer gut brauchen."

„Ich glaube, Genoveva lernt sehr viel bei ihm. Er hat viel Geduld und gute Ideen."

„Schön, dieses Dorf beginnt langsam, lebendig zu werden. So viele Aktionen in Gemeinschaft wie in den letzten Tagen gab es in den letzten vier Jahren nicht."

„Ich finde das alles ganz toll hier bei uns. Da ist nicht einmal das Krippenspiel das Wichtigste, für die Kinder natürlich schon, aber ansonsten ist es ein klein wenig der Motor für unsere Gemeinde."

„Und angefangen hat es mit einem Orgelspiel. Stefan übt jeden Abend in der Kirche, obwohl er das gar nicht nötig hat." Pater Andreas rührte in seiner Tasse herum. „Magdalena, ich freue mich, dass ihr alle zusammengefunden habt. Ich weiß, das wird ein schöner Abend in unserer Kirche."

„Das glaube ich auch, Andreas. Ich gehe jetzt wieder nach Hause. Mama hat einen Lebkuchenteig angesetzt, der muss in den Ofen."

„Also, dann bis zum Freitag. Am Samstag sollten wir vielleicht eine kleine Generalprobe in der Kirche machen?"

„Dann müssten da aber schon die Kulissen dorthin. Ich denke, es ist besser, wir machen das am Montag. Da sind alle froh, wenn die Kinder nicht daheim rumnerven, und es besteht die Chance, dass alle ihre Texte können. Mama will auch am Montag mit den Kleinen in der Kirche üben."

Andreas stimmte zu und die beiden verabschiedeten sich herzlich.

Donnerstag, 20. Dezember

Nach den Proben an diesem Tag gingen Sina, Stefan und Magdalena gemeinsam nach Hause. Es hatte sich so ergeben, dass Stefan an jedem Abend eine Stunde bei der Familie Korbian verbrachte. Das eine oder andere Tagesende uferte hin und wieder aus, wenn Daniel und Stefan in den Keller gingen, um gemeinsam „abzurocken".

An diesem Abend saßen Daniel und Carolin im Wohnzimmer. Magdalenas Vater blätterte in einem Buch, las die eine oder andere Seite und blieb dann an einem Text hängen.

„Hallo, was haltet ihr davon, wenn wir heute eine Vorlesestunde machen. Ich habe hier eine Weihnachtsgeschichte gefunden, die mich anspricht."

Alle waren einverstanden und setzten sich um Daniel herum auf den Teppich.

Dieser begann:

Weihnachtsnacht am Vesuvio

„Vor zwanzig Jahren, ich war gerade zwölf geworden, hatten wir, mein Vater, seine beiden Brüder und ihre ältesten Söhne Francesco und Andrea, einen Schmuggelauftrag, der uns gutes Geld für die Weihnachtstage bringen sollte. Wir waren keine Verbrecher, so dachten wir jedenfalls, sondern wir halfen den

Menschen in unseren Bergen am und um den Vesuvio, dass sie sich für diese Zeit einige Dinge leisten konnten, die sonst in unerreichbarer Ferne für sie lagen.

Francesco, Andrea, Onkel Filippo, Onkel Marco, mein Vater und ich hatten unsere Waren am Strand abgeholt und machten uns auf den Weg. Es herrschte eine ungemütliche Atmosphäre. Obwohl dieses südliche Italien kaum einen Winter kennt, und der Vesuvio seine innere Wärme nach außen brachte, war ein wenig Schnee gefallen und die Wege, die wir uns ausgesucht hatten, waren vereist.

„Ausgerechnet heute Nacht muss hier so ein Sauwetter sein", schimpfte Onkel Marco und spuckte seinen Kautabak weit in die Büsche. „Der Mond ist kaum zu sehen, die Sterne sind von dicken Wolken verdeckt und es sieht so aus, als würde noch mehr Schnee fallen. Wir müssen uns ranhalten, sonst werden wir vom Unwetter überrascht."

Alle zogen die Schultern ein, was gar nicht so einfach war, denn auf ihnen ruhten die unförmigen und schweren Rucksäcke.

„Ich habe heute Mittag noch einmal bei der Gendarmerie vorbeigeschaut. Die machen sich große Sorgen wegen des Wetters. Hier in den Bergen werden wir sie ganz bestimmt nicht treffen." Meinte mein Vater.

„Das wollen wir auch nicht, Carmine. Wir haben noch zwei Stunden Fußweg bis Calicha. Zur Not können wir dort bei meiner Cousine übernachten, falls der Schnee ..." sagte Marco mit Ärger in der Stimme.

„Das werden wir wohl tun müssen", erwiderte Filippo, „und, Bruder, wenn du von deiner Cousine sprichst und Verena meinst, dann ist das auch unsere Cousine!"

„Tutto claro, Fratellino. Ich habe hier einen guten Schluck zum Aufwärmen dabei."

Wir drängten uns alle in eine Felsnische und Marco reichte eine Flasche herum. Als ich sie ansetzte, trieb es mir die Tränen in die Augen und die anderen lachten. „Na, unser Kleiner ist nichts gewohnt, he?" fragte Filippo spöttisch.

„Das ist auch gut so. Vielleicht wird dann doch noch was Ordentliches aus ihm", gab Vater zurück und ich kramte in meinem Rucksack nach meiner eigenen Thermoskanne.

Der Wind wurde stärker und Vater trieb zur Eile an. „Wenn wir uns richtig ranhalten, Vater, sind wir bis Mitternacht wieder unten im Tal und können Weihnachten feiern." Francescos Stimme klang hoffnungsvoll.

„Vergiss das, Bruder, dein Mädchen muss heute Abend allein in die Kirche." Die Worte, die von Andrea tröstend gemeint waren, bewirkten eher das Gegenteil. „Morte e diabolo, mir hängen diese touren zum Hals raus. Viel kommt sowieso nicht dabei raus. Der Commandante kassiert immer ganz schön ab." Andrea trat mit dem Fuß gegen eine Baumwurzel, was zur Folge hatte, dass wir mit Schnee überschüttet wurden.

„He, lass das", rief Vater und schubste meinen Bruder weiter. „Du hast zwar Recht, wir können aber trotzdem jede Lira brauchen."

Wir waren eine halbe Stunde schweigend weitergegangen. Die Wetterlage wurde bedenklich. Der Wind hatte sich verstärkt und immer mehr Schnee fiel vom Himmel. „Wenn das so weiter geht, kommen wir nicht einmal bis Calicha." Brummte Vater.

„Weihnachtsabend in einer Hirtenhütte, das fehlte uns gerade noch", schimpfte Filippo.

Wir mussten uns mit aller Kraft nach vorne kämpfen. Der Sturm blies uns die Schneeflocken ins Gesicht und ließ das Gesicht nach und nach starr werden.

„Alora", meinte endlich Vater, „das hat keinen Zweck. Wir frieren uns hier alles ab. Da vorne kommt eine Schlucht. Auf der rechten Seite steht ein verlassenes Bauernhaus. Wir können dort bestimmt Feuer machen und uns aufwärmen. Ich habe Brennspiritus dabei. Das hilft beim Anzünden."

Wir erhöhten unser Tempo noch ein wenig und sahen bald die Schlucht vor uns. Den Kopf nach unten geneigt, wandten wir uns nach rechts und standen bald vor einer Mauer.

„Das ist es, Casa Angelo, wie passend für diese Nacht." Vater zündete ein Streichholz an und suchte die Hausfront ab. „Da vorne ist die Tür!"

Geduckt liefen wir an der Hauswand entlang und Filippo öffnete als erster diese. „Madre dio, da ist ja jemand!" rief er, als er den schwächer werdenden Schein seiner Taschenlampe in das Innere richtete. Wir drängten von hinten und bald standen wir alle hinter der Haustür und machten große Augen.

Auf dem Boden war ein großer und frischer Haufen Stroh ausgebreitet. Darauf lag – eine junge Frau mit einem Baby im Arm. Links von ihr saß ein junger Mann. Beide waren keine Italiener, das sah ich auf den ersten Blick.

„He, das ist ja wie Weihnachten!" rief Marco und rieb sich die Augen. Die jungen Leute sahen sich an und das Baby begann zu weinen.

„Sei leise, Marco, du Unhold, jetzt hast du den Kleinen geweckt." Flüsterte Vater.

Ich ging auf die drei zu, kniete mich neben die junge Frau und gab ihr meine Thermoskanne. Sie schaute mich fragend an. Ich schraubte den Becher ab und schenkte ihr von meinem heißen Tee ein. Dankbar nahm sie das Gefäß und nippte vorsichtig. Ich stellte meinen Rucksack auf den Boden und holte mein Brot und den Käse heraus. Beides gab ich dem jungen

Mann und suchte nach meinem Messer. Francesco reichte mir sein eigenes.

Alles ging schweigend vor sich. Vater fand einen alten Eisenofen, reinigte ihn, so gut er konnte und suchte trockenes Holz zusammen. Dann zündete er die Scheite an und bald brannte ein kleines Feuer in dem Ofen, der sehr schnell warm wurde und seine Hitze an den Raum abgab.

Wir sechs zogen uns in eine andere Ecke zurück. Andrea war auf den Dachboden gestiegen und hatte noch mehr Stroh heruntergeholt und an alle verteilt. Marco, Filippo und Vater begannen eine leise Unterhaltung, während wir anderen für das Feuer sorgten.

Schließlich stand Vater auf, räumte alle Waren aus den Rucksäcken und schaute sie sich an. Er nahm zwei Pullover aus Kaschmir, eine ganz weiche Lammfelldecke, zwei gute Flaschen Wein und mehrere luftdicht abgepackte Käseleiber und Schinken und trug sie zum Lager der jungen Familie.

„Das schenken wir euch, weil heute Weihnachten ist und weil ihr das brauchen könnt."

Die beiden bekamen glänzende Augen und brachten ein „Danke" auf Italienisch heraus.

Ich schüttete den Inhalt meines Rucksacks auf eine Decke und stellte ihn zu den Kostbarkeiten. Irgendwie mussten sie die Sachen ja auch transportieren.

Wir verbrachten die ganze Nacht in dem alten Haus, sorgten für das Feuer und machten am nächsten Morgen Frühstück. Als der Schneesturm nachließ, verabschiedeten wir uns von unseren „Maria, Josef und dem Kind", das ein Mädchen war, wie sich herausstellte und verließen das Haus.

Vater wandte sich talwärts. „Das war's für mich. Ich höre auf mit dem Schmuggeln. Die Zeit, die wir hier in den Bergen verplempern, können wir auch bei ehrlicher Arbeit verbringen."

Das war mein Weihnachtsabend 1987. Wir haben die Familie nicht wieder gesehen, und manchmal denke ich, ich habe das nur geträumt, um zu verstehen, warum Vater mit der Schmuggelei Schluss gemacht hat. Meine Thermoskanne allerdings blieb verschwunden, also musste doch etwas dran gewesen sein."

Freitag, 21. Dezember

Gegen vier Uhr nachmittags rumpelte der LKW der Schreinerei Wagner durch St. Quendolin und hielt vor der Kirche. Fünf Jugendliche sprangen glücklich aber völlig erschöpft von der Pritsche und Bertold verließ das Führerhaus.

„So, jetzt haben wir es geschafft. Eine Viertelstunde Arbeit und dann könnt ihr anfangen mit dem Aufbau." Herr Wagner und sein Geselle Ronald waren mit einem Lieferwagen hinterhergefahren und packten beim Ausladen mit an. Bald war alles in der Kirche verstaut und die Männer riefen noch ein paar Abschiedsworte und fuhren los.

Pater Andreas kam aus der Sakristei und bewunderte die Kulissen. „Mann, das habt ihr ja ganz toll hingekriegt. Ihr seht ganz schön müde aus. Ich würde sagen, ihr lasst euch die nächsten zwei Tage nirgends blicken und ruht euch aus. Am Montag machen wir eine kleine Generalprobe und dann wird es schon schief gehen."

Genoveva und die Jungen konnten ein Gähnen nicht unterdrücken und zogen sich zurück.

Pater Andreas räumte alle Holzplatten in die vier Beichtstühle und verschloss sie. „Die nächsten Tage kommt sowieso keiner zum Beichten. Da können sie auch mal diesen Zweck erfüllen."

Samstag, 22. Dezember

Der Samstag verging mit Aufräumarbeiten und Verwandtschaft vom Bahnhof abholen. Carolin hatte ihren kleinen Chor noch einmal zu sich nach Hause geholt und Lieder geübt. Magdalena und Sina schmückten ihre Zimmer und Daniel hatte noch einmal in die Firma gemusst, um einen Vertrag zu unterschreiben.

Für den Abend hatte Frieda zum Essen eingeladen und alle in der Familie Korbian waren froh, dass sie nur in ihrer Küche das Frühstücksgeschirr aufräumen mussten und sich ansonsten am Abend verwöhnen lassen konnten.

Stefan hatte nachmittags angerufen und Magdalena in die Kirche eingeladen. „Ich möchte gern alle Lieder spielen. Und es ist ein Unterschied, ob dabei jemand in der Kirche sitzt oder ob ich einfach für mich drauflos klimpere. Kommst du?"

Magdalena verstand zwar die Begründung nicht ganz, hatte aber zugesagt und kurz mit ihrer Mutter darüber gesprochen.

„Ja, Magdalena, Künstler sind merkwürdige Menschen, liebenswert aber merkwürdig." Sie gab ihrer Ältesten einen Kuss auf die Stirn und schickte sie los. „Ich nehme Astra mit, dann kriegt sie auch ein bisschen Kultur ab."

Astra ließ sich anleinen und folgte der jungen Herrin auf die Straße. Sie bog automatisch nach rechts ab, um in den Wald zu gehen, Magdalena korrigierte sie jedoch. „Nein, Astra, heute noch nicht! Erst in die Kirche." Der Hund sträubte sich ein wenig, gab aber schließlich doch nach.

Stefan hatte vor dem Kirchenportal auf Magdalena gewartet. „Da bin ich ja gespannt, was Astra zu meiner Musik sagt."

Magdalena setzte sich in die erste Reihe und wartete. Stefan eröffnete mit einem Vorspiel. Es klang nach Johann Sebastian Bach, so genau wusste es Magdalena jedoch nicht. Stefan spielte den gesamten Gottesdienstablauf des Heiligen Abends und Magdalena kam immer mehr zur Ruhe. Sie fühlte, dass Weihnachten kommen konnte. Für sie war es ein schönes Gefühl, mit Freunden auf das Fest zu warten.

Astra hatte anfangs die Ohren gespitzt, sich dann aber zusammengerollt und war eingeschlafen, wobei sie leise schnarchte.

Nach seinem letzten Lied kam Stefan zu ihr in die erste Reihe und flüsterte: „Ich glaube, jetzt kann Weihnachten kommen!"

Sonntag, 23. Dezember

Am gestrigen Abend hatten sich alle bei Frieda satt gegessen und den Beschluss gefasst, den Heiligen Abend gemeinsam zu verbringen und Pater Andreas noch dazu einzuladen. Carolin teilte ihrer Familie mit, dass sie heute nicht kochen werde, weil die nächsten Tage schon so viel von ihren Mägen abverlangen würden, dass dieser Vierte Advent ein kleiner Fastentag werden könne. Mit ihr sei jedenfalls in der Küche nicht zu rechnen. Diese Entscheidung war für alle in Ordnung. Dennoch war die Küche der Ort, wo sie sich alle im Laufe des Tages am meisten begegneten.

„Ach, ich wollte nur mal sehen, ob Astra genug Wasser hat ...“

„Hat jemand von euch die Spülmaschine schon ausgeräumt ...?“

„Die Zeitung lag doch vorhin noch da ...“

„Ich schau nur im Kühlschrank nach, was wir morgen alles noch einkaufen müssen ...“

Und so ging es den ganzen Tag. Jeder griff sich etwas aus dem Kühlschrank, öffnete so leise wie möglich die Plätzchendose, briet sich schnell ein Ei und alle, einschließlich Astra, aßen mehr, als wenn jemand etwas Vernünftiges gekocht hätte.

Montag, 24. Dezember

Den Morgen hatten Magdalena und Sina wie versprochen im Pfarrhaus zugebracht. Sie sangen Weihnachtslieder und wischten Staub, drehten Pater Andreas Stereoanlage bis zum Anschlag auf und schwangen die Putzlappen. Um elf Uhr waren sie damit fertig und weihten den Pater noch in die verschiedenen Geheimnisse des Haushalts ein. Pater Andreas war zufrieden und konnte ohne Nervosität seine Mutter erwarten. Die Generalprobe verlief ohne größere Probleme. Die Kinder waren allesamt aufgeregt und vertaten sich manchmal mit den Einsätzen. Trotzdem war die Atmosphäre friedlich und ohne Spannung.

Endlich war es so weit. Die Kirche war geschmückt und alle Requisiten standen bereit. Die Kinder huschten aufgeregt von einer zur anderen Ecke und Magdalena und Carolin hatten zu tun, bis Ruhe einkehrte.

Pater Andreas zog mit seinen Ministranten in die übervolle Kirche ein. Er eröffnete den Gottesdienst mit einem feierlichen Gebet und begrüßte seine Gemeinde.

Dann stand Magdalena auf und stellte sich auf die rechte Seite der Kirche. Sie öffnete den Ordner und begann zu lesen:
Eine Stadt zu besuchen heißt, ihre Sehenswürdigkeiten, die Geburtsstätten großer Meister, die Brennpunkte der Geschichte in Augenschein zu nehmen und sich darüber zu

freuen, auf diesem Weg an den großen Dingen der Welt teilgenommen zu haben. Wer eine Stadt nach längerem oder kurzem Aufenthalt wieder verlässt, denkt gern an die Abende in der Oper, an die Spaziergänge durch die Einkaufsviertel oder an das stille Verharren in einer der künstlerisch wertvollen Kirchen zurück. Und jeder, der sich einmal in Berlin aufgehalten hat, wird zuerst vom Ku'damm schwärmen, jener Prachtstraße, auf der schon Kaiser und Könige zu Pferd oder im Wagen promenierten.

Nur wenn das Jahr sich zu Ende neigt, die Festtage vor der Tür stehen und das Geschäft des Jahres die Kaufleute an den erfolgreichen Jahresabschluss denken lässt, verringert sich die Anzahl der Touristen erheblich. Denn jeder möchte zu Hause unter seinem Weihnachtsbaum sitzen und sein "O Du Fröhliche" singen.

So ähnlich war es auch am 24. Dezember. Der Winter hatte früh begonnen und die ersehnte weiße Weihnacht stand vor der Tür. Es schneite schon seit vielen Stunden, die Räumdienste säuberten nur noch die Hauptstraßen, die zu den Hauptkirchen führten. Der Ku'damm war taghell erleuchtet. Ein blendendes Schaufenster reihte sich ans andere, Lichterketten säumten die Straßen und versuchten, den Stern von Bethlehem zu ersetzen. Wie in einer Allee stand Weihnachtsbaum an Weihnachtsbaum. Sie waren mit elektrischen Lämpchen übersät und ließen keinen Zweifel daran, dass das Christkind erwartet wurde."

Sieben kleine Weihnachtsbäume spazierten durch den Mittelgang und postierten sich auf der linken Seite zu einer Allee. Sie trugen Kerzen in ihren Händen und die Gesichter der Kinder sahen feierlich aus.

Magdalena las weiter:

„In der Nähe des großen Kaufhauses waren die geschmückten Weihnachtsbäume in Form eines Sterns aufgebaut. In der Mitte standen die größten und außen die kleinen, deren Geäst sich mit denen der großen Brüder verflochten. „

Die Weihnachtsbäume formten sich zu einem Stern.

Magdalena:

„Mit einem Mal gingen sämtliche Lichter aus. Aber das störte niemanden mehr. Auf die paar Kilowatt Helligkeit kam es nicht mehr an."

Die Weihnachtsbäume bliesen ihre Kerzen aus und nur noch ein kleiner Schimmer von Licht war zu sehen.

"Jetzt aber schnell, raus mit ihm und nix wie weg!" flüsterte Sebastian so laut, dass es auch der letzte in der Kirche noch hören konnte.

Ein kleiner Baum bewegte sich mitsamt seinen Beleuchtungskörpern zur Mitte des Altarraumes zu.

Vier Kinder trugen große Wände, auf denen Häuser abgebildet waren, an dem Baum vorbei.

Magdalena:

„Langsam wanderte der Weihnachtsbaum die Straße entlang. Sobald sich ein Fußgänger näherte, blieb er stehen. Dann stand er so da als stände er schon immer so da. Mit der Zeit bewegte er sich schneller und schneller. Beim Eingang zur U-Bahnstation machte er eine Rechtswendung und wackelte die ausgeschaltete Rolltreppe hinunter. In der kalten Luft blieb nur der weiße Atem von Schwerarbeitenden zurück."

Zwei größere Kinder spazierten durch den Kirchenraum. Sofort blieb der Baum stehen und die Kinder bewunderten ihn ausgiebig. Von der linken Seite war ein Kichern zu hören. Dann kamen zwei schwer atmende Jugendliche mit einer neuen Wand, aus der ein U-Bahn-Einstiegsloch ausgesägt war. Darin verschwand jetzt der wandelnde Baum.

Magdalena:

„Die U-Bahn lief ein. Fünf Jungs nahmen den Weihnachtsbaum wie eine Lanze und zerrten ihn in den Waggon."

Mit großer Behändigkeit wechselten die Kinder wieder die Kulissen. Man sah jetzt zwei gegenüberliegende Sitzbänke, auf der sich fünf Jungs mit dem Baum niedergelassen hatten und schwer schnauften.

"Geschafft!" meinte Döner (Valentin) keuchend. "Ging ja alles glatt."

"Hm, wir haben noch 'ne halbe Stunde Fahrt. Die Bullen drücken sich jetzt zum Glück auch lieber in den Kneipen rum, wo's warm ist", meinte Matze (Hans-Peter).

"'s KdW kann froh sein, dass wir uns den Baum für heute ausgeliehen haben. Den müssen sie schon nicht entsorgen. Und wir tun ein gutes Werk für die Botanik."

"Alles klar, Doktor?" näselte Dino (Timo) und klopfte dem Chef der Bande auf die Schulter.

"Verdammt, da vorn kommt Stasi, der Fahrkartenkontrolleur", zischte Winky (Lars). "Wir müssen raus!"

"Quatsch, wofür habt ihr einen Chef?" meinte Doktor (Genoveva) grinsend. "Wollte heute Abend nichts riskieren und hab' fünf Streifen organisiert."

Der Kontrolleur (Pater Andreas) machte unwirsch seine Runde. Beim Anblick der Gruppe stellte er sich auf eine Auseinandersetzung ein. Als Doktor ihm lässig die Karten entgegenstreckte, verschlug es ihm die Sprache, und er machte brav seine Stempel.

"Frohe Weihnacht!" grüßte Doktor und steckte die Karten weg. "Noch lange Dienst?"

"Nee, letzte Tour. Eigentlich ist es nicht gestattet, so große Gegenstände in der U-Bahn zu befördern. Aber heute drücke ich mal beide Augen zu."

Er schlurfte weiter.

Magdalena:

„An der Endstation verließen die Jungs die U-Bahn und schleppten den Baum noch zwei Straßen weiter. Auf ein Klopfzeichen öffnete sich ihnen die Tür zu einem völlig heruntergekommenen Haus. Sie huschten hinein, und die Tür schloss sich wieder."

Szenenwechsel (in Windeseile räumten die größten die U-Bahn-Bänke weg und schleppten ein neues Bild heran, das eine Wand darstellte und eine ausgesägte Tür enthielt)

"Super, der is' genau richtig!" rief eine Mädchenstimme (Anja) hinter der Wand.

Magdalena: „Mit vereinten Kräften schleppten sie den Baum in den Keller."

Alle verschwanden in dem Loch und der Küster schaltete die Beleuchtung der gesamten Kirche aus.

Wieder war Bewegung in der Kirche zu hören. Das Licht ging wider langsam an und man konnte einen neuen Raum betrachten. Auf dem Boden lagen jetzt Matratzen und Holzkisten herum.

Doktor: "Wo is' Edison? Die Kabel müssen geflickt werden."

Jenny (Yvonne): "Kommt gleich, wollte noch 'ne Heizplatte besorgen für den Punsch."

Magdalena: „Der Keller war sehr geräumig und diente als Wohnzimmer, Schlafsaal und Küche für fast zwanzig Jugendliche. Sie wohnten seit dem Sommer hier, unbehelligt von Jugendamt und Polizei. Wo sie herkamen, fragte keiner mehr nach ihnen. Was aus ihnen werden würde, würde vielleicht irgendwann einmal in der Zeitung stehen. Sie hatten sich wie eine Familie zusammengefunden. Es waren Kleine und Große darunter. Sie lebten vom Betteln und Organisieren. Neue Klamotten besorgte Doktor bei der Caritas.

Für diesen Abend hatte er eine Weihnachtsfeier angeordnet.

Doktor (Genoveva): "Das is' üblich in jedem Betrieb, und wir sind ja auch ein Betrieb. Auf dem Programm steht: Stille Nacht, heilige Nacht; Punsch, Fladenbrot mit Schafskäse; und 'ne Predigt."

Jenny (Yvonne) mit lauter Stimme: "Du hast wohl 'ne Meise. So'n Schwarzer Morales kommt hier nicht rein. Mit dem kommt dann gleich das Jugendamt mit, und jeder wird wieder in den Schoß seiner Familie zurückgeführt. Man freut sich, dass die Kinder wieder da sind, für einen Abend, und unterm Baum wird dann gelogen und geheuchelt, dass sich die Kerzen biegen. So'n Schwarzer? Nur über meine Leiche."

Doktor beschwichtigend: "Schon gut, schon gut, reg dich nicht auf. Weiß schon Bescheid. Bin ja auch nicht verrückt. Aber so 'ne Predigt muss schon sein. Schließlich ist Weihnachten."

Magdalena: „Für den Abend schien alles klar zu sein. Der Baum war organisiert. Edison hatte die Stromamschlüsse wieder hergestellt, Döner hatte Fladenbrot und Schafskäse "gefunden", wie er sich auszudrücken pflegte. Matze hatte von irgendwoher Rotwein mitgebracht und mixte den Punsch. Nur der Prediger fehlte noch.

Eine halbe Stunde vor Mitternacht verschwand Doktor. Zuerst fiel es keinem auf. Jeder hatte seine Aufgabe und achtete nicht darauf, was sonst um ihn herum vorging. Um Mitternacht öffnete sich wieder die Kellertür und Doktor erschien im Licht einer Taschenlampe. Unter dem Arm trug er etwas

Schweres. Er hatte eine Decke darum gewickelt, so dass niemand sehen konnte, was er da mitbrachte. "

Jenny rief: "He, Doktor, wo bleibt der Prediger? Wir wollen anfangen."

Doktor: "Wer hat was vom Prediger gesagt? Auf dem Programm steht Predigt. Das mache ich selbst. Oder will es jemand von euch übernehmen?"

Matze (Hans-Peter): "Was is'n mit dir los, Doktor? Bist wohl bekehrt worden von der Heilsarmee?"

Magdalena: „Matze sah den Chef spöttisch an. Ihm war das alles hier nicht ganz geheuer, schließlich war er von daheim weggegangen, weil ihm der Kitsch und die Heuchelei auf die Nerven gegangen waren. Und jetzt hatte er dasselbe in grün.

Matze: "Doktor, fang bloß nicht an mit Frieden und so'm Schitt. Das geht uns hier nix an. Wenn du uns vollsulzen willst, biste hier auf'm falschen Schiff, kapiert?"

Doktor: "Kapiert! Könnt ihr das Lied?"

Magdalena: „Matze wechselte einen schnellen Blick mit Jenny, in deren Augen langsam der Spott der Neugier den Platz freimachte.

Jenny nickte und murmelte: "Na ja, so halbwegs."

Doktor: "Das langt, Hauptsache ein bisschen feierlich."

Magdalena: „Nach und nach kehrte Ruhe ein in den bunten Haufen. Der Baum stand hell erleuchtet in der Mitte. Im Halbkreis hatten sich die Jugendlichen auf Teppiche und alte Matratzen gesetzt. Etwas kläglich begannen sie dann mit dem uralten Weihnachtslied. Eine seltsame Ruhe stellte sich ein. Jedes Gesicht erzählte seine eigene Geschichte. Die Kleinen hatten sich in die erste Reihe gesetzt und ließen den Blick nicht vom Baum. "

Die gesamte Vorbereitungsgruppe von St. Quendolin hatte sich im Kreis um den Baum gesetzt. Im Kirchenraum war es mucksmäuschenstill.

Magdalena: „Doktor nahm den Gegenstand, den er mitgebracht hatte, und wickelte ihn aus. Ein großes, goldverziertes, schweres Buch kam zum Vorschein. Alle schauten ihm wie gebannt zu.
Doktor blickte grinsend in die Runde: "Eine freundliche Leihgabe aus dem Dom. An Weihnachten muss es schon 'ne richtige Bibel sein, meint ihr nicht auch? Ich kenn' mich nur nicht aus in dem Schmöker. Hab' keine Ahnung, wo ich anfangen soll."
Dino rief: "Na, bei der Weihnachtsgeschichte!"
Doktor: "Seite?"
Jenny stotterte: "Bei diesem Lukas, oder so."
Doktor: "Da kommen wir der Sache schon näher."
Magdalena: „Doktor blätterte eine Weile hin und her und schien dann das Richtige gefunden zu haben. Die Gesichter

seiner Freunde wurden immer gespannter. Er begann zu lesen:

Doktor: "Es begab sich aber zu der Zeit, dass ein Gebot von dem Kaiser Augustus ausging, dass alle Welt geschätzt würde. Und diese Schätzung war die allererste und geschah zu der Zeit, da Quirinius Statthalter in Syrien war. Und jedermann ging, dass er sich schätzen ließe, ein jeder in seine Stadt. Da machte sich auf auch Josef aus Galiläa, aus der Stadt Nazareth, in das jüdische Land zur Stadt Davids, die da heißt Bethlehem, weil er aus dem Hause und Geschlechte Davids war, damit er sich schätzen ließe mit Maria, seinem vertrauten Weibe; die war schwanger. Und als sie dort waren, kam die Zeit, dass sie gebären **sollte. Und** sie gebar ihren ersten Sohn und wickelte ihn in Windeln und legte ihn in eine Krippe; denn sie hatten sonst keinen Raum in der Herberge.

Und es waren Hirten in derselben Gegend auf dem Felde bei den Hürden, die hüteten des Nachts ihre Herden. Und der Engel des Herrn trat zu ihnen, und die Klarheit des Herrn leuchtete um sie; sie fürchteten sich sehr. Und der Engel sprach zu ihnen:

Fürchtet euch nicht! Siehe, ich verkündige euch große Freude, die allem Volk widerfahren wird; denn euch ist heute der Heiland geboren, welcher ist Christus der Herr, in der Stadt Davids. Und das habt zum Zeichen: Ihr werdet finden das Kind in Windeln gewickelt und in einer Krippe liegen. Und alsbald war da bei dem Engel die Menge der himmlischen Heerscharen, die lobten Gott und sprachen: Ehre sei Gott in der Höhe und Frieden auf Erden bei den Menschen seines Wohlgefallens.

Und als die Engel von ihnen gen Himmel fuhren, sprachen die Hirten untereinander: Lasst uns nun gehen nach Bethlehem und die Geschichte sehen, die da geschehen ist, die uns der Herr kundgetan hat."

Doktor klappte das Buch mit einem lauten Geräusch zu und löste die Spannung bei seinen Zuhörern.

Doktor: „Und jetzt wird gefeiert!"

Jenny: „Und die Predigt?"

Doktor: „Ach so, die Predigt ... Ähm, Weihnachten ist für alle da. Weihnachten ist dazu da, dass wir als Freunde miteinander leben und ein Zuhause haben. Weihnachten bringt uns zwar keine Geschenke aber ein schönes Essen und einen leckeren Punsch. Amen"

Die Kinder um den Doktor herum lachten und zögernd begann der Applaus in der Kirche, der sich schließlich vereinheitlichte und ein schönes Dankeschön für die Gruppe war.

Ein leises Orgelspiel begann. Es hörte sich an wie fernes Glöckchenklingeln. Mit großer Behutsamkeit führte Stefan sein Vorspiel zum zentralen Weihnachtslied des Abends. Er zog sich immer wieder in Variationen zurück und baute eine Spannung auf, die nur darauf wartete, auf die Menschen überzu-springen. Die Besucher in der Kirche fanden ihre Melodie-stimme und leise und zaghaft wurde das traditionelle Weih-nachtslied intoniert. Stefan erhöhte die Lautstärke und die Ge-meinde folgte seinem Beispiel. Es dauerte nicht lange und die Kirche war erfüllt von den Stimmen der Menschen, so dass von der Orgel fast nichts mehr zu hören war. Obwohl es ei-gentlich anders geplant war, spielte Stefan alle vier Strophen des Liedes und ließ die Gemeinde, die so lange still sein musste, singen. Nach dem letzten Vers wechselte er zu „ Sound of Silence " und variierte wieder zu „Stille Nacht ". Und wieder begannen die Menschen zu singen. Pater Andreas improvisierte ebenfalls, schickte die Schauspieler und Helfer in den Kirchenraum und in kürzester Zeit waren die Kerzen, die er eigens bestellt hatte, verteilt. Nach weiteren zehn Minuten war die Kirche taghell erleuchtet.

Pater Andreas stieg auf die Kanzel: „Liebe Gemeinde, ich werde keine Predigt halten. Sie alle haben erlebt, was diese jungen Menschen für uns getan haben. Sie haben in vielen Stunden und mit viel Engagement an dieser Aufführung gear-beitet. Sie haben es getan, weil die Frohe Botschaft aus leben-digen Wörtern besteht. Sie, die Wörter, sind bei Ihnen ange-kommen und so wollen wir nach dem O du fröhliche den Se-gen sprechen und uns eine Frohe Weihnacht wünschen. "

Er begab sich vor den Altar. Carolin scheuchte ihre jungen Sängerinnen und Sänger zu ihm und sie stellten sich auf.

Zweistimmig sangen sie die erste Strophe. Die Gemeinde folgte mit der zweiten. Pater Andreas sprach den Segen und nach und nach verließen die Menschen die Kirche.

Die Vorbereitungsgruppe war in der Sakristei verschwunden, um Mäntel und Jacken anzuziehen. Carolin, die den Kindern in ihre Jacken half, wandte sich an Pater Andreas: „Vielen Dank, dass Sie so etwas ermöglicht haben. Ich, meine Familie und ich möchten Sie gern mit nach Hause nehmen. Wir möchten nicht, dass Sie jetzt allein in Ihr Pfarrhaus gehen und Ihre Mikrowelle anwerfen. Daniel hat einen hervorragenden Rotwein warm gestellt. Stefan und Frieda kommen auch, und für Sie gibt es eigentlich keine Ausrede. Bitte! "

Pater Andreas nickte stumm. Seine Stimme zitterte leicht, als er sagte: „Ich komme gern mit, Frau Korbian. Ich muss nur noch meine Kutte ausziehen. Vielen Dank für die Einladung. Warten Sie vor der Kirche auf mich? "

„Ja, natürlich. Wir müssen ja auch noch die Kerzen alle löschen, damit es hier kein Unglück gibt. " Sie berührte Pater Andreas leicht am Arm und verließ mit ihren Töchtern die Sakristei. Draußen waren schon Daniel, Frieda und Stefan dabei, die Kerzen auszublasen.

„Frohe Weihnachten, meine Mädels ", sagte Daniel und nahm alle drei gleichzeitig in die Arme. Magdalena drückte sich dann fest an Frieda und wünschte ihr ein frohes Fest. Dann stand sie vor Stefan. Der lachte sie nur an, legte seine Hände um ihre Taille und sagte: „Ich glaube, du bist mein schönstes Weihnachtsgeschenk. Frohe Weihnacht! " Magdalena wurde dunkelrot und drückte ihr Gesicht an seine Schulter. „Frohe Weihnacht, Stefan und danke schön! "

Zeitfracht Medien GmbH
Ferdinand-Jühlke-Straße 7
99095 Erfurt, Deutschland
produktsicherheit@kolibri360.de